숨겨진 우리소설 총서 2

설홍전

숨겨진 우리소설 총서 2

설총전

註解 임주영

도서
출판 박이정

머리말

현재 전하고 있는 고전소설이 858종에 달한다고 한다. 이 중 연구자의 시야에 들어온 작품은 몇 종이나 될까? 반이나 될까? 필사본과 목판본으로 전하고 있는 작품이 아닌 필사본으로만 전하고 있는 작품의 경우에는 그 수가 더 줄어들 것이다. 아마 많은 수의 필사본이 낙질 혹은 낙장되어 전하고 있다는 점과, 필사 상태에 따라 읽기 어려운 부분이 많은 점, 그리고 읽는 사람에 따라서 다르게 읽힐 여지가 다분한 점 등이 이러한 정황을 만들어낸 것이 아닐까 생각한다.

이러한 정황을 타개하기 위해 우선 해야 할 것이 무엇일까? 우리는 그것이 작품의 진면목을 소개하는 것이라고 생각한다. 그리고 그 작업을 홀로 하기보다는 여럿이 한데 힘을 합쳐서 할 때 더 이상적인 결과를 낳을 수 있을 것이다. 오독誤讀과 그에서 기인한 오해誤解를 최대한 방지할 수 있기 때문이다.

이번에 기획한 「숨겨진 우리 소설 총서」는 이러한 문제의식에서 출발하였다. 연구가 진행되지 않은 작품을 선정하여, 작품을 함께 읽고 토의하는 과정은 전적으로 이야기문학연구회의 정례모임을 통해 이뤄졌다. 따라서 각 책의 주해자는 모두의 노력을 모으는 집합자의 성격이 더 강하다고 하겠다.

이야기문학연구회는 국민대학교에서 인연을 맺은 고전문학 전공자들의 모임으로 조희웅 선생님을 중심으로 꾸려졌다. 이 모임을 통해 지금까지 수십여 편의 작품을 검토하였다. 선생님의 정년을 맞아서 이 중 우선 다섯 편을 간추려서 중간 성과로 내놓는다. 앞으로도 이 시리즈는 계속 될 것이다. 선생님과 이야기문학연구회의 인연이 그러하듯이.

2010. 2.
이야기문학연구회

일러두기

본 총서는 다음을 원칙으로 하여 작업하였다.

1. 저본에 기록된 대로 입력하는 것을 원칙으로 하였다.
2. 저본의 쪽별로 구분하여 입력하였고, 쪽번호는 '1쪽'부터 시작하였다.
3. 쪽 구분은 빈 줄로 처리하였다.
4. 읽기 어려운 글자나 기타 사정으로 확인이 불가능한 글자의 경우 추측가능한 글자 수만큼 '□' 처리하였다.
5. 추측이 전혀 불가능한 경우나, 망실된 부분은 '□' 사이에 말줄임표로 표시하였다.
6. 오자(誤字)나 탈자(脫字), 오기(誤記)가 분명한 경우, 각주에 정자(正字) 표기를 밝혀 주었다.
7. 이해가 필요하다고 판단된 단어는 뜻풀이를 각주로 처리하였다.
8. 쉬운 단어의 경우 뜻풀이 없이 정자 표기만을 각주로 처리하였다.
9. 한자어의 경우 7.과 8.을 따르되 한자를 각주에 밝히었다.
10. 기타 설명이 필요하다고 판단될 경우 각주로 처리하였다.
11. '각설, 차설' 등으로 내용이 바뀔 경우에만 문단구분을 하였다.

12. 대사 부분은 " " 표시하여 별행 처리하였다.

13. 대사 부분과 8.의 경우를 제외하고 문단구분은 하지 않았다.

14. 대사 다음에 나오는 '하고' 등의 이어지는 말은 들여쓰기를 하지 않았다.

15. 대사 다음에 문장이 시작될 경우는 들여쓰기를 하였다.

작품해설

　「설홍전」은 1권 1책의 국문소설로, 명나라를 배경으로 해 주인공 설홍의 영웅적 일대기를 다루고 있는 영웅소설 유형의 작품이다. 10종의 국문 필사본과 1종의 국문 활자본 등 모두 11종의 이본이 존재하는데[1], 이들 이본은 기본 서사단락에 있어서 이본간의 큰 차이가 나타나지 않는 것으로 보인다.[2]

　이본 들 중에서 이 글에서 다루는 텍스트는 『한국필사본고소설자료총서』 22권에 실려 있는 「설홍전」[3]이다. 이는 국문 필사본 자료로, 분량은 총 230 면이고 1면이 9행으로 일정한 모습을 보인다. 본문의 내용이 끝난 후에 필

---

1)　조희웅, 『고전소설이본목록』, 집문당, 1999, pp.272~273.
2)　곽인경은 각 이본간의 비교를 통해, 내용 단락에 차이를 보이는 부분이 왕윤선의 죽음과 부활이 나오는 단락과 가달 진영에서 육목철의 의형제인 정인택이 살해 된 후 육목철이 떠나는 단락, 그리고 작품 말미에 강동왕에 제수된 설홍의 후일 담 등이라고 했는데, 이는 「설홍전」의 기본 서사단락에 해당하는 부분이 아니라 작품의 극적인 설정이나 상황 설명에 대한 부분이라고 할 수 있다. (곽인경, 『설홍전 연구』, 한국교원대학교 교육대학원 석론. 2007. 23면.)
3)　「설홍전」, 월촌문헌연구소편, 박순호 소장본 『한글필사본고소설자료총서』 22권, 오성사, 1986.

사 후기와 필사 시기에 대한 언급이 나타나지만, 육십갑자 부분이 누락되어 정확한 시기를 추정하기는 어렵다.

「설홍전」의 기본 서사단락은 다음과 같다.

1. 금릉땅 앵무동에 사는 설희문은 학문과 덕행이 높아 천자로부터 처사에 제수된다.
2. 설희문 내외는 늦도록 자식이 없어 근심하다가, 덕유산 쌍용사에 자식 점지를 발원한다.
3. 맹씨는 삼태선관이 찾아와 쌍용사 부처의 점지로 의탁한다는 꿈을 꾼 후 아들 설홍을 낳는다.
4. 맹씨가 병을 얻어 죽자 설희문도 슬픔에 병이 들어, 첩 진숙인에게 설홍을 부탁한 채 세상을 떠난다.
5. 첩 진숙인은 설희문이 죽은 후로 술로 세월을 보내며 설홍을 박대하다가, 결국 운섬을 시켜 설홍을 산중에 버리게 한다.
6. 엄동설한에 버려진 설홍은 봉황이 물고 온 환생초 덕분에 목숨을 구하고, 그로부터 8년간 봉황의 정성어린 보살핌을 받는다.
7. 하루는 봉황이 사라지고, 설홍은 염라왕의 명으로 저승으로 끌려가다가 죄를 지은 사람은 벌을 받고, 착한 일을 한 사람은 복을 받는 것을 본다.
8. 염라왕에게서 봉황을 시켜 천도(天桃)를 훔치게 했다는 심문을 받지만 사정을 설명하고 풀려난다.
9. 인간 세상에 나온 홍은 죽은 부모와 재회하고, 그들로부터 모든 고생이 전생의 죄로 인해 하늘이 정한 운명이니 천명(天命)을 어기지 말라는 당부를 받는다.
10. 한편 진숙인은 점쟁이로부터 날로 수척해지는 이유가 산중에 맺힌 원한 때문이라는 말을 듣고, 시비 운섬에게 설홍의 시신을 찾아다가 부친 묘하에 묻어주라고 한다.
11. 진숙인은 운섬이 살아 있는 설홍을 데려오자, 악한 마음이 일어 독약을 구해 홍에게 먹인다.
12. 독약을 먹은 설홍은 곰처럼 변하고, 진숙인은 그런 설홍을 인곰이라 부르며 우리를 지어놓고 학대하며 즐긴다.

13. 마을에 인곰에 대한 소문이 퍼지자, 진숙인은 자신의 죄가 탄로날까 두려워 노복을 시켜 홍을 강물에 빠뜨린다.

14. 강물에 빠진 홍은 북산도에 이르고, 응백에게 구조되어 따스한 보살핌을 받는다.

15. 인곰의 소문을 들은 명선이 돈 욕심에 설홍을 사려하나, 응백이 팔기를 거절하자 밤에 몰래 설홍을 훔쳐서 데려간다.

16. 명선은 설홍에게 춤과 노래를 가르친 후 사방에 끌고 다니며 놀음을 시켜서 재산을 모은다.

17. 소주땅 왕승상이 놀음을 하는 설홍을 불쌍히 여겨 명선에게 돈을 주고 홍을 사서 북산도에 놓아준다.

18. 다시 혼자된 설홍은 꿈에서 쌍용사 노승으로부터 탈갑할 약을 얻고, 운담도사를 찾아가라는 말을 듣는다.

19. 약을 먹고 다시 사람이 된 홍은 운담도사를 찾아가고, 그의 제자가 되어 병법과 도술을 배워 만고의 영웅으로 자란다.

20. 한편, 소주땅 왕승상은 중년에 상처하고 딸 윤선을 데리고 지내다가, 황성에 사는 친구를 만나러 상경하던 중 강포한 하인 돌쇠에게 피살당한다.

21. 왕승상은 윤선의 꿈에 나타나 돌쇠에게 죽음을 당한 사실을 알리고, 돌쇠의 겁탈을 주의하라는 것과 천정배필인 금릉땅 설홍이 원수를 갚아줄 것이라고 한다.

22. 이에 왕윤선은 가약 맺기를 원하는 돌쇠를 감언으로 속이고 설홍을 기다리나, 3일 후 돌쇠가 다시 찾아오자 죽기를 각오하고 거부한다.

23. 설홍은 운담도사의 명을 받고 소주땅에 이르러 자다가, 꿈에 나타난 왕승상의 지시로 내당에 들어가 왕윤선을 구하고 돌쇠를 사로잡는다.

24. 설홍은 왕승상의 시신을 찾아 안장하고 돌쇠를 그 묘하에서 죽인 후, 왕윤선과 신물로 백년가약을 기약하고 헤어진다.

25. 한편 진숙인은 설홍을 박대한 죄로 수족을 쓰지 못하고, 말도 못하게 되어 빌어먹는 신세가 된다.

26. 돌쇠의 아우 돌뿌리가 산중에서 술법을 배우다가 형의 복수를 위해 찾아오나, 왕윤선은 꿈에 나타난 왕승상의 지시로 몸을 피하고, 노승을 만나 산사에 들어가 머리를 깎고 중이 된다.

27. 설홍은 재주를 시험할 영웅, 장사를 찾아다니다 용하산에서 돌뿌리와 마주치고 싸움 끝에 그를 죽이니, 돌뿌리의 스승 낙관도사가 제자의 원수를 갚으려고 대전하나 설홍에게 패하고 물러난다.

28. 설홍은 과거에 급제해 한림학사를 제수받고, 기주도 어사로 내려가 덕치로 백성들을 구제하니, 백성들이 불망비를 세운다.

29. 설홍은 도리봉에서 곽섬이 군사를 모아 난을 일으키려 한다는 말을 듣고, 그곳에 찾아가 곽섬을 죽이고 군사들을 집으로 돌려보낸다.

30. 이어 설홍은 회남땅 명선을 찾아가 죽이고, 그의 재산을 몰수해 백성들에게 나눠준 후 북산도의 응백을 찾아가 은혜를 갚고 응백의 딸을 첩으로 맞이한다.

31. 한편 왕윤선은 도적들이 지른 불에 화상을 입어 죽게 되나, 시비 난영의 도움으로 목숨을 건진 후 떠돌아다니는 신세가 된다.

32. 난영이 밥을 빌러왔다가 우연히 설홍을 만나게 되어, 설홍과 왕윤선이 재회한다.

33. 이때 가달의 침범 소식을 들은 천자는 직접 군사를 거느리고 나가 대적하나, 적의 기세에 밀려 싸움에 패하고 위험에 빠진다.

34. 설홍은 왕윤선의 병이 낫자 예를 치른 후 황성으로 가다가, 가달의 침범 소식을 듣고 급히 황진으로 달려간다.

35. 설홍이 위기에 빠진 천자를 구하고, 대원수가 되어 가달군을 압도한다.

36. 설홍은 전투 중에 가달의 함정에 빠질 뻔하나, 황진에 투항한 가달의 장수 육목철의 도움으로 위기에서 벗어난다.

37. 설홍은 육목철을 선봉으로 삼아 함께 가달왕을 공격해 대패시키나, 가달왕을 사로잡는 데 실패한다.

38. 육목철이 도망친 가달왕의 행보를 짐작하고, 시골 노인으로 위장해 가달왕을 유인하니 설홍이 손쉽게 승리를 거둔다.

39. 설홍은 가달을 물리친 공으로 강동왕이 되고, 덕으로 백성을 다스려 국태민안(國泰民安)한다.

「설홍전」의 내용 전개에 있어 중심이 되는 사건들은 두 주인공인 설홍과 왕윤선이 겪는 고행담과 결연, 그리고 설홍의 영웅적인 면모를 드러내는 군담이라 할 수 있다. 군담을 통한 영웅적 면모의 부각은 여타의 영웅소설에서도 일반적인 장면이다. 그러므로 군담은「설홍전」을 다른 영웅소설과 변별해 주는 요소로 보기 어렵다. 반면 설홍과 왕윤선에게 일어나는 시련은 계모의 박대나 저승세계, 인곰으로의 변신과 탈갑, 노주간의 갈등과 같은 다양한 요소가 삽입되어 흥미롭다. 따라서「설홍전」의 특징은 설홍의 영웅적 면모를 보여주는 군담이 진행되는 후반부보다는 두 주인공의 시련과 결연을 보여주는 소설의 전반부에 있다고 볼 수 있다.

「설홍전」에 나타나는 내용적 특징은 다음과 같다.

첫째, 남녀 주인공인 설홍과 왕윤선이 겪는 연속적인 고행담의 전개이다.

설홍과 왕윤선이 시련을 겪는 이유는 전쟁에 지은 죄로 인한 것인데, 두 주인공에게 일어나는 시련의 형태는 다르다. 설홍의 시련은 계모인 진숙인의 의해 진행되고, 왕윤선의 시련은 노비인 돌쇠가 상전에게 불복하면서 시작되고 있다. 이때 설홍과 왕윤선의 시련은 동시에 진행되는 것이 아니라, 순차적으로 전개된다. 즉 설홍이 자신에게 부여된 시련을 완전히 극복한 후에, 왕윤선의 시련이 시작되고 있다. 시기적으로 보면 설홍의 고난은 어린 시절에 연속되어 나타나고, 영웅적인 면모를 드러나기 시작하는 수학(修學) 과정 이후에는 드러나지 않는다. 반면 왕윤선의 시련은 16살에 아버지 왕승상이 노비 돌쇠에게 죽으면서부터 시작되고 있다.

설홍의 어린 시절은 고난과 구조의 반복된 구조로 나타난다. 설홍은 양친의 별세 후 서모 진숙인에 의해 학대받다가 깊은 산중에 버려지고, 염라왕에게 불려가 문죄(問罪)를 당한다. 무사히 인간세상에 돌아오나, 진숙인에 의해 독약을 먹고 인곰으로 변할 뿐만 아니라 다시 강물에 버려진다. 그의 고난은 여기에서 그치는 것이 아니라 인곰이 된 후에는 명선에 의해 사방으로 끌려다니며 놀음, 곡예를 하는 신세로까지 전락하고 있다. 왕윤선의 시련 또한 연속석으로 나타난다. 설홍과 일시적인 결연을 이룬 왕윤선은 이후 죽은 돌쇠의 아우 돌뿌리의 복수로 위험에 처해 머리를 깎고 중이 된다. 하지만 중이 되어 머물던 극락암은 도적들의 침입으로 불타버리고,

그녀 또한 심한 화상을 입은 채 이리저리 떠돌아다니는 신세가 된다.

둘째, 흥미로운 요소를 다양하게 삽입해 권선징악의 주제를 강하게 드러낸다.

「설홍전」은 설홍과 왕윤선의 연속되는 시련은 그들이 전생에서 지은 죄로 인한 것이다. 천상의 인물이었던 설홍과 왕윤선은 서로 화답한 죄로 인간 세상에 내려오게 되고, 죄에 다른 고난이 예정되어 있다. 그리고 그들의 시련에는 권선징악이라는 고전소설의 주제가 강하게 드러나고 있다. 「설홍전」은 영웅소설임에도 불구하고, 인물의 선악 행위에 따른 상벌(賞罰)이 곳곳에 드러나 권선징악이라는 주제를 강조하고 있다.

설홍이 봉황을 시켜 옥황상제에게 진상하는 천도를 훔치게 했다는 누명을 쓰고 저승으로 끌려가서 본 저승의 모습이다. 설홍이 본 저승에서는 사람들이 자신이 지은 선행이나 악행에 따라 상이나 벌을 받고 있다. 이러한 저승 부분은 영웅소설인 「설홍전」의 내용에는 벗어나는 부분이라고 할 수 있지만, 사람들에게 흥미를 부여하고 도덕적인 주제를 강조하는 데는 효과적인 설정인 것이다.

염라왕의 심문 또한 이러한 성격이 강한데, 봉황을 시켜 천도를 훔쳐 먹은 죄로 설홍을 부른 염라왕은 그에게 전생의 죄를 말하며, 인간 세상에서 여러 차례 죽을 액을 겪는 것이 하늘이 정한 운명이라고 한다. 이러한 염라대왕의 심문은 설홍에게 징치를 가하기보다는 설홍에게 다시 한번 전생의 신분과 인세에 적강한 이유, 그리고 인간세상에서 그가 치러야 할 천명에 대해 강조하는 것으로 보인다. 그가 인간 세상에서 이루어야 할 천명은 시련을 이겨내고 왕소저와의 결연하는 것이며, 그에게 주어지는 시련이 예정된 것임을 알려주는 것이다. 즉 설홍은 전생의 죄로 인하여, 인간 세상에서 그에게 주어진 시련을 참고 견뎌야만 하는 것이다. 이는 저승에서 풀려난 설홍이 우연히 선계에서 만난 부모의 발언에서도 알 수 있다. 부친 설처사는 설홍에게 그의 고생이 모두 천수(天數)라고 하고, 맹씨는 천명(天命)을 어기지 말라고 당부한다.

선악 행위에 대한 상벌은 주인공 뿐만 아니라 다른 등장 인물에게도 마찬가지다. 설홍을 괄시하던 진숙인은 결국 병을 얻어 수족을 움직이지 못하고 말을 못하는 신세로 전락한다. 이는 진숙인이 독약을 먹여 인곰으로 변했던 설홍의 모습과 비슷하다. 자신이 저지른 죄가 그대로 돌아온 것이다. 인곰이 된 설홍에게 놀음을 시켜 돈을 모은 명선 또한 기주어사가 된 설홍에게 참형된다. 그리고 그의 재산은 사람들에게 분배된다. 이에 반해 선행을 행한 응백은 그의 딸 매월을 설홍의 첩으로 들이며 호사(豪奢)를 누린다. 「설홍전」에서는 이것으로 끝나는 것이 아니라, 작품의 끝에 부연된 필자후기를 통해 다시 한번 진숙인의 죄와 그 대가를 언급하며 사람들을 경계하고 있다.

설홍의 시련이 끝난 후 왕윤선의 시련이 순차적으로 진행되는 구조 또한 주제를 강화시키는 역할을 하고 있다. 이렇게 본다면 행위에 대한 상벌은 「설홍전」은 이야기의 시작에서부터 끝까지 일관되게 나타나고 있다고 할 수 있다.

「설홍전」은 전반부에 두 주인공의 결연과 고난 과정에 독특한 사건들을 배열하면서 소설적인 흥미를 유도한 데 비해서 후반부의 군담 부분은 많은 분량을 할애해 설홍의 영웅적인 면모를 부각시키고 있지만 독특한 사건이 나타나지 않아 오히려 전반부의 소설적 흥미를 감소시키고 있다.

「설홍전」은 영웅의 일대기라는 기본적인 구성에, 계모의 박대나 저승세계, 인곰으로의 변신과 탈갑, 노주간의 갈등과 같은 여러 흥미로운 요소를 남녀 주인공의 시련과 연결시키며, 독자의 흥미를 유도할 뿐만 아니라 권선징악이라는 주제의식을 강화하고 있는 작품이라고 할 수 있다.

딕명1) 화조황제 시졀이 금능쌍 잉무동 스난 셜히문이라 하난 스람이 잇스딕, 쳐쳡을 두엇스나 셩푸2)이 남과 달나 부귀을 잇ᄭᅩ 빈쳔을 조화ᄒᆞ야 옥문동 쥭님3)이 일간4) 초옥을 졍결이 짓고, 그고딕셔 글 일으기을 일숨은 이, 문중 덕힝이 후딕시협승이5) 근엽6) 선빅드리 원이졔ᄌ7)ᄒᆞ고 슬ᄒᆞ이 머무더라. 승이 그 도덕을 추츤8)ᄒᆞ시고 홍금9) 이부샹셔10)을 졔수ᄒᆞ시이, 히문이 본릭 벼슬이 ᄯᅳ디 업난고로 상기 복지11)ᄒᆞ이 승

니 더욱 스랑ᄒᆞᄉ 벽곡도 쥭님이 쳐ᄉ12)을 졔수ᄒᆞ시고 부인 밍씨로 졍열부인13)을 봉ᄒᆞ시고 별실14) 딘씨로 숙인15) 가지16)을 주신이, 히문이 쳔은17)이

---

* 『한글 필사본고소설자료총서』, 22권에 수록되어 있는 것을 저본으로 함.
 1) 대명(大明). 명나라.
 2) 성품(性品). 사람의 성질이나 됨됨이.
 3) 죽림(竹林). 대나무숲.
 4) 일간(一間). 한 칸.
 5) 후(後)될 이가 없으므로. 뒤나 다음이 될 사람이 없으므로.
 6) 근읍(近邑). 가까운 고을이나 읍.
 7) 원위제자(願爲弟子). 제자 되기를 바라고.
 8) 추찬((推讚). 추앙하여 찬양함.
 9) 홍금(紅錦). 붉은빛의 명주. 문관(文官)의 복색(服色)을 상징하는 말.
10) 이부상서(吏部尙書). 중국에서, 이부(吏部)의 으뜸 벼슬.
11) 복주(伏奏). 땅에 엎드려 아룀.
12) 처사(處士). 예전에, 벼슬을 하지 아니하고 초야에 묻혀 살던 선비.
13) 정렬부인(貞烈夫人). 조선 시대에, 정조와 지조를 굳게 지킨 부인에게 내리던 칭호.
14) 별실(別室). 첩, 또는 첩의 방.
15) 숙인(淑人). 조선 시대에 정3품 당하관의 아내에게 내리던 외명부의 품계.
16) 가자(加資). 조선 시대에, 관원들의 임기가 찼거나 근무 성적이 좋은 경우 품계를 올려 주던 일. 또는 그 올린 품계.
17) 천은(天恩). 임금의 은덕.

망극ᄒᆞ야 집이 도라와 북향ᄉᆞ비[18] ᄒᆞ고 정열부인과 별실 딘숙인으로 더부려 쳔은을 말ᄉᆞᆷᄒᆞ시고 시월[19]을 보ᄂᆡ다가 호련[20] 탄식 왈[21],

"우리 연광[22]이 반이 넘도록 슬ᄒᆞ이 일졈 혈륙[23]이 업ᄉᆞ이 션녀향화[24]을 뉘기[25] 젼ᄒᆞ리요."

ᄒᆞ고 눈물을 흘이이, 부인도 눈

3쪽

물을 머금고 쳐ᄉᆞ을 위로 왈,

"우리 무ᄌᆞ식[26]ᄒᆞ면 셋 ᄉᆞ람이 죄오이 엇디 흔탄ᄒᆞ리요마난, 무충현 덕유ᄉᆞ ᄻᆡ용ᄉᆞ 삼불[27] 압희가 발원[28]ᄒᆞ오면 혹 ᄌᆞ식을 본다 ᄒᆞ오이 게 가 비려보ᄉᆞ이다."

흔이, 쳐ᄉᆞ 왈,

"비려 ᄌᆞ식을 나을딘듸 엇디 시상[29]이 무ᄌᆞ식홀 ᄉᆞ람이 잇시리요마난, 부인의 ᄊᆞ듸 그려ᄒᆞ오면 비려보사이다."

ᄒᆞ이, 부인이 즉시 이관[30]을 갓초와 드린이, 쳐사 셕일[31] 발힝[32]ᄒᆞ야 여려

---

18) 북향사배(北向四拜): 북쪽을 향해 네 번 절함. 북쪽은 임금이 계신 곳을 나타냄.
19) 세월(歲月).
20) 홀연(忽然). 뜻하지 아니하게 갑자기.
21) 왈(曰). '가로되', '가라사대'의 뜻을 나타내는 말.
22) 연광(年光). 흘러가는 시간. 나이.
23) 혈육(血肉). 부모, 자식, 형제 따위 한 혈통으로 맺어진 육친.
24) 선영향화(先塋香火). '조상의 묘에 피우는 향불'이라는 뜻으로, 조상에게 제사를 지냄을 이르는 말.
25) 누구에게.
26) 무자식(無子息). 아들도 딸도 없음.
27) 삼불(三佛). 극락세계에 있는 아미타불, 관세음보살, 대세지보살을 통틀어 이르는 말.
28) 발원(發願). 신이나 부처에게 소원을 빎. 또는 그 소원.
29) 세상(世上).

날만이 혼수33)을 건너이 구학난봉34)으

로 디나 화룡동 조분 길노 덕유순을 올나가이 쌍용스가 은은이 보이거날 스문35)이 다다른이 빅발 노승36)이 머리이 일척포37)을 쓰고 억기이 금나스을 미고 목이 빅발염쥴38)을 걸고 손이 류환중39)을 집고 나와 홉중비리40)ᄒ고 당승41)이 연접42) 후이 문 왈,

"승공43)은 어듸 게시면 무슨 연고44)로 누스45)이 임하신잇가?"

처스 답 왈,

"금능쌍 잉무동이 잇스오나 춘추오팔이 즈식을 빌노 왓나이다."

ᄒ고 예관46)을 드리이, 노승이 황공ᄒ

---

30) 의관(衣冠). '남자의 웃옷과 갓'이라는 뜻으로, 남자가 정식으로 갖추어 입는 옷차림을 이르는 말.
31) 석일(夕日). 석양이 질 무렵.
32) 발행(發行). 길을 떠나감.
33) 한수(漢水). 큰 강.
34) 구학난봉(丘壑難峯). 언덕과 골짜기가 험준해 오르기 어려운 산.
35) 사문(寺門). 절의 문.
36) 노승(老僧). 나이가 많은 중.
37) 일 척 포(一尺布). 한 자의 베.
38) 백팔염주(百八念珠). 작은 구슬 108개를 꿴 염주로, 백팔 번뇌를 상징함. 이것을 돌리며 염불을 외면 번뇌를 물리쳐 무상(無想)의 경지에 이른다 함.
39) 육환장(六環杖). 중이 짚는, 고리가 여섯 개 달린 지팡이.
40) 합장배례(合掌拜禮). 두 손바닥을 마주 대고 절함.
41) 당상(堂上). 대청 위.
42) 연접(延接). 손님을 맞아서 접대함. 영접(迎接).
43) 상공(相公). '재상(宰相)'을 높여 이르던 말.
44) 연고(緣故). 일의 까닭.
45) 누사(陋寺). '자기가 있는 절'을 겸손하게 이르는 말.
46) 예단(禮緞). 예물로 보내는 비단.

여 예관을 바든 후이 즉시 모욕지계[47]호고 정성으로 발원호거날, 처스도
발원호고 그 잇튼날 딥이 도라와 부인으로 더부려 노승이 정성 디극함을
말호든이, 그날 밤 숨경[48]이 부인이 일몽[49]을 어든이 공즁으로 쳔이셔관[50]
이 학을 타고 나려와 부인게 지비[51] 왈,

 "소즈난 숨퇴션관[52]으로 상졔[53]젼 신예[54]호난 션여로 더부러 화답흔 지
로 지흐이 나려와 숨연 후이 젹오인간[55]호미 갈 발을 아지 못호압고 스히팔
방[56]으로 단이더이

 쌍용스 부처임이 부인게 졔수호시기로 왔나이다."
호고 품으로 들거날, 부인이 놀닉 씨다른이 일즁[57] 호졉[58]이라. 처스을 쳥
호여 몽스[59]을 고[60]호딕 처스 딕히[61]하여 퇴기[62] 잇실가 바릿든이 과연

---

47) 목욕재계(沐浴齋戒). 부정(不淨)을 타지 않도록 깨끗이 목욕하고 몸가짐을 가다
    듬는 일.
48) 삼경(三更). 한 밤을 다섯 등분한 셋째로, 밤 11시부터 오전 1시까지.
49) 일몽(一夢). 한 자리의 꿈.
50) 천의선관(天衣仙官). 천상의 옷을 입은, 선경(仙境)에서 벼슬살이를 하는 신선.
51) 재배(再拜). 두 번 절함.
52) 삼태선관(三台仙官). 자미성을 지키는 별인 삼태성(三台星)의 선관.
53) 상제(上帝). 흔히 도가(道家)에서, '하느님'을 이르는 말.
54) 시위(侍衛). 임금이나 어떤 모임의 우두머리를 모시어 호위함. 또는 그런 사람.
55) 적거인간(謫居人間). 인간 세상에서 귀양살이를 하고 있음.
56) 사해팔방(四海八方). 사방(四方)의 바다와 여덟 방위를 아우르는 말로, 온 세상
    을 나타냄.
57) 일장(一場). 한바탕.
58) 호접(胡蝶). 호접봉. 나비에 관한 꿈이라는 뜻으로, 인생의 덧없음을 이르는 말.
59) 몽사(夢事). 꿈에 나타난 일.
60) 고(告)하되. 아뢰되.
61) 대희(大喜). 크게 기뻐함.

그달붓틈 틱기 잇셔 십삭63)이 추미, 일일은 몸이 곤ᄒ여 침셕64)의 누엇던이 오운65)이 이려나며 향닉 딘동ᄒ든이 혼미66)즁이 탄셩ᄒ이, 쳐스 급히 슉인으로 부인를 구ᄒ고 아히을 향수67)의 씻겨 누이고 기ᄉ68)을 보이 용안초두69)이 봉목운빈70)이로다. 옥문71)이 심은 미화 아츰이슬을 머금은 닷, 동방명월72)이 흑운73)

7쪽

을 허침74)갓더라. 쳐사 ᄉ랑ᄒ여 일홈75)을 홍이라 ᄒ나, 홍이 졈졈 ᄌ라미 쳔지조화76)을 품은 듯ᄒ더라. 홍지비릭77)난 ᄉ람이 싱ᄉ78)라. 부인이 산후79)로 병이 도야 회춘80)치 못할 줄 알고 쳐ᄉ 손을 즙고 쳬읍81) 왈,

---

62) 태기(胎氣). 아이를 밴 기미.
63) 십삭(十朔). 열 달.
64) 침석(寢席). 잠자리.
65) 오운(五雲). 다섯 가지의 빛깔(청색, 황색, 적색, 백색, 흑색)의 구름.
66) 혼미(昏迷). 의식이 흐림. 또는 그런 상태.
67) 향수(香水). 향기로운 물.
68) 기상(氣像). 사람이 타고난 기개나 마음씨. 또는 그것이 겉으로 드러난 모양.
69) 용안호두(龍顔虎頭). 용의 얼굴과 호랑이 머리.
70) 봉목운빈(鳳目雲鬢). 봉황의 눈과 구름 같이 탐스러운 귀밑머리.
71) 옥문(玉門). 옥으로 장식한 문.
72) 동방명월(東方明月). 동쪽의 밝은 달.
73) 흑운(黑雲). 검은 구름.
74) 헤침. 흩어지게 함.
75) 이름. 사람의 성 아래에 붙여 다른 사람과 구별하는 명칭.
76) 천지조화(天地造化). 하늘과 땅이 일으키는 여러 가지 신비스러운 조화.
77) 흥진비래(興盡悲來). 즐거운 일이 다하면 슬픈 일이 닥쳐온다는 뜻으로, 세상일은 순환되는 것임을 이르는 말.
78) 상사(常事). 보통 있는 일.
79) 산후(産後). 아이를 낳은 뒤.
80) 회춘(回春). 중한 병에서 회복되어 건강을 되찾음.
81) 체읍(涕泣). 눈물을 흘리며 슬피 욺.

"닉 병이 골수82)이 드려 죽어도 앗갑지 아이하거이와, 쳐사와 홍을 바리 고 디흥83)이 도라가이 엇디 눈을 짬으리요."

흥며 슬허흥거날84), 쳐사 부인을 위로 왈,

"인명이 지쳔85)흥오이 엇지 그런 말숨을 흥시난잇가?"

흥고 약으로 치료흥오딕 무등졍86)이라.

부인이 슉인이 손을 줍고 탄식 왈,

"나난 젼싱87)히 가즁흥고로 수복88)이 즁구치89) 못흥야 셰상을 이별흥이 슬푸다. 우리 형

8쪽

졔갓치 지닌난 졍을 바리고 죽은이 엇지 망극지 아이하리요. 쏘흥 홍을 늣기 나아 영화90)을 보디 못흥고 죽은이 원91)이 가삼이 미쳣도다. 홍을 숙 인 젼92)이 두고 죽은이 즐 길너 션영봉사93)을 젼흥오면 죽어도 흔이 업나 이다."

흥이, 슉인도 울면 왈,

"부인은 엇디 그른 말삼을 하시난잇가. 명94)히 부족흥여 시상을 바리온

---

82) 골수(骨髓). 뼛속. 마음속 깊은 곳을 비유적으로 이르는 말.

83) 지하(地下). '저승'을 비유적으로 이르는 말.

84) 슬퍼하거늘.

85) 인명재천(人命在天). 사람의 목숨은 하늘에 달려 있다는 뜻으로, 목숨의 길고 짧음은 사람의 힘으로 어쩔 수 없음을 이르는 말.

86) 무동정(無動靜). 일이나 현상이 벌어지고 있는 낌새가 없음.

87) 전생(前生). 삼생(三生)의 하나. 이 세상에 태어나기 이전의 생애.

88) 수복(壽福). 오래 살고 복을 누리는 일.

89) 장구(長久)하지. 매우 길고 오래지.

90) 영화(榮華). 귀하게 되어 몸이 세상에 드러나고 이름이 빛남.

91) 원(怨). 원한.

92) 전(前). 앞(이름이나 인칭 대명사 뒤에 쓰여 '에게'의 뜻을 나타내는 말)의 높임말.

93) 선영봉사(先塋奉祀). 조상의 무덤을 돌보고, 조상의 제사를 받드는 일.

들, 첩이 싱젼이 싱져이야 엇지 공주[95]을 허수이[96] 싱각하리요. 그런 셥셥흔 말솜을 마압소셔."

흥이, 쏘 부인이 홍을 안고 얼골

9쪽

을 흔틱[97] 다이고 왈,

"늬 병이 딘흥여 셔슌이 지난 히을 뉘라 며물기 흥리요. 너난 남이 주식 도얏다가 어미 종신[98]을 못흥이, 네 눈을 드려 날을 보라. 너얼 길너닉야 양가슉여[99]를 취흥여 원낭[100]이 녹수[101]이 노난 양을 보고져 흥엿던이 조물[102]이 시기하야 이별이 된이 엇디 슬푸지 안이하리요?"

탄식[103] 왈,

"츠히[104]라. 부인이 갈 길은 말이[105]을 격[106]흥고 홍이 인졍[107]은 써지 못못흥야 어이하리요."

흥고, 별시[108]흥이 처수 홍을 안고 왈,

---

94) 명(命). 목숨.
95) 공자(公子). 지체가 높은 집안의 나이 어린 아들.
96) 허술히. 허투루. 아무렇게나 마구.
97) 한데. 한곳에.
98) 종신(終身). 임종.
99) 양가숙녀(良家淑女). 지체가 있는 좋은 집안의 교양과 예의와 품격을 갖춘 현숙한 여자.
100) 원앙(鴛鴦). 금실이 좋은 부부를 비유적으로 이르는 말.
101) 녹수(綠樹). 푸른 잎이 우거진 나무.
102) 조물주(造物主). 우주의 만물을 만들고 다스리는 신.
103) 탄식(歎息). 한숨을 쉬며 한탄함.
104) 차호(嗟乎). 주로 글에서, 매우 슬퍼 탄식할 때 쓰는 말.
105) 만 리(萬里). '아주 먼 거리'를 비유적으로 나타내는 말.
106) 격(隔). 사이를 가로막는 간격.
107) 인정(人情). 사람이 본래 가지고 있는 감정이나 심정.
108) 별세(別世). 윗사람이 세상을 떠남.

"부인아, 부인아! 지근 홍을 바

리고 어듸 가난잇가?"
흐며 무수이 통곡흐이, 토목금수[109] 다 슬허흐난 듯흐더라. 홍은 어린아히
라, 엇지 스람이 신수[110]을 알리요. 흐심흔 손으로 죽은 어미 가슴을 어로
만지며 입으로 졋즐 빤이 젓즌 아이나고 혜만[111] 아푸고 목이 너머가난 거
슨 업시이 응이응이 흐다가 저절 바리고 울거날, 쳐스 홍을 안고 울며 왈,
    "아모리 어린아힌들 죽은 어미 저즐 물고 우난다?"
    손으로 가슴을 치이 빅발창안[112]이 눈물이 흐르난지라. 노복[113]으로 흐
여곰 업습[114]

흐여 위병[115]흔 후이 홍이 신세 싱각흐고 음식을 젼폐흐고 슬허흐다가, 인
하여 병이 도야 이지[116] 못홀 줄 알고 숙인이 손을 줍고 왈,
    "슬푸다. 늬 병이 즁흐여 슬기을 바릭리요. 늬 죽은 후이 홍을 날 본 다
시[117] 양육흐야 선영향화을 쯘치 안이흐면 죽어도 여흔이 업난이다."
흐이, 숙인이 울며 왈,

---

109) 초목금수(草木禽獸). 풀과 나무와 날짐승과 길짐승을 통틀어 이르는 말. 온갖
     생물을 이름.
110) 신수(身數). 한 사람의 운수.
111) 혀만.
112) 백발창안(白髮蒼顔). 흰머리와 늙어서 여윈 얼굴.
113) 노복(奴僕). 사내종.
114) 염습(殮襲). 죽은 사람의 몸을 씻긴 뒤에 옷을 입히고 염포로 묶는 일.
115) 위령(慰靈). 죽은 사람의 영혼(靈魂)을 위로함.
116) 일어나지.
117) 듯이. 것과 같이.

"처수 기셰118)ᄒ시면 쳡은 뉘을 으탁119)ᄒ리요. 공ᄌᆞ야 처수이 혈륙이라,
버면이120) 싱각ᄒ리요."

하거날, 쏘 홍을 불너 왈,

"불숭하다. 부모을 이별ᄒ

고 엇지 스리요?"

ᄒ고 별셰ᄒ난지라. 슉인이 ᄎᆞ목흔121) 변122)을 당ᄒ이 엇지하리요. 통곡ᄒ
다가 예로 염습ᄒ여 위병ᄒ고, 즉시 퇵일123)ᄒ야 구봉순 비봉 젼부인과 합
ᄌᆞᆼ124)ᄒ고 통곡으로 셰월을 보니드라.

슉인은 처수 기시흔 후로 가ᄉᆞ125)을 보살피지 안이ᄒ고 술만 먹고 광
기126)만 니야 비보127) 등이 견디지 못하기 ᄒᆞ이 집안이 ᄌᆞ연 요란하더라.
슬푸다, 셜홍은 부모을 이별 후이 외로이 디니더라. 슉인이 원셩ᄌᆞ충128)이
마암이 슬난ᄒ야129) 즘을 이루지

---

118) 기셰(棄世). 세상을 버린다는 뜻으로, 웃어른이 돌아가심을 이르는 말.
119) 의탁(依託). 어떤 것에 몸이나 마음을 의지하여 맡김.
120) 범연(泛然)히. 데면데면히. 친밀감 없이 예사롭게.
121) 참혹(慘酷)한. 비참하고 끔찍한.
122) 변(變). 갑자기 생긴 재앙이나 괴이한 일.
123) 택일(擇日). 어떤 일을 치르거나 길을 떠나거나 할 때 운수가 좋은 날을 가려서
    고름.
124) 합장(合葬). 여러 사람의 시체를 한 무덤에 묻음. 또는 그런 장사. 흔히 남편과
    아내를 한 무덤에 묻는 경우를 이름.
125) 가사(家事). 살림살이에 관한 일.
126) 광기(狂氣). 미친 듯이 날뛰는 기질을 속되게 이르는 말.
127) 비복(婢僕). 계집종과 사내종을 아울러 이르는 말.
128) 원성자창(怨聲自唱). 원망하는 소리를 자기가 노래함.
129) 산란(散亂)하여. 어수선하고 뒤숭숭하여.

못ᄒ고 안즈다가 호련 싱각ᄒ여 왈,

"홍은 전싱 지안130)이 즁한고로 부모를 이별ᄒ엿거이와, 나난 셜홍이 죄로 처스을 헛도이131) 이별ᄒ엿도다. 홍은 닉혼딕132) 원수라. 부모 업난 즈식을 술여 쓸딕업다."

ᄒ고 손으로 믹을 드려치이133) 홍은 주려서134) 쎠만 나문 아히가 엇지 사리요. 눈을 뒤자바쓰고 죽은 아회가 되엿도다. 이 깁푸 밤이 그른 변을 뉘라셔 아리요. 슉인은 강초135)ᄒ 사람이라. 처스을 보고 시푸면 홍으기 분을 푸이 철신136)이 아이어든137) 졔 어이 보

명138)하리요. 슉인이 술이 빗취139)ᄒ여 광기을 부리다가, 시비140) 운섬을 불너 왈,

"닉 셜홍 곳 보면 속이 불리 이러난이 엇지 뎌141)을 두리요. 너난 타인이 모르기 다려다가 깁푼 순즁이 바리라. 만일 닉 말을 듯지 아이ᄒ면 홍이 죄을 네게 풀거시이 그리 아라."

---

130) 죄안(罪案). 죄를 적은 기록.
131) 헛되게. 덧없이.
132) 나한테.
133) 들이치니. 마구 치니.
134) 굶주려서.
135) 강포(强暴). 몹시 우악스럽고 사나움.
136) 철신(鐵身). 강철로 된 몸.
137) 아니거든.
138) 보명(保命). 목숨을 보전함.
139) 대취(大醉). 술이 잔뜩 취함.
140) 시비(侍婢). 곁에서 시중을 드는 계집종.
141) 저. 말하는 이와 듣는 이로부터 멀리 있는 대상을 가리키는 지시 대명사.

ㅎ이, 운셤이 싱각ㅎ되 ㅊ마 못할 일리라. 할 일 업셔 홍을 업고 가만이 흑운슨 월ㅎ142)이 드려가이, 잇쩌난 어나143) 썬고, 동지셧달144) 엄동145)이라. 종종146)혼 셕벽147)은 좌우이이 셩이 되고 수목은 차쳘148)ㅎ여 북

15쪽

풍이 되작149)ㅎ이 빅셜이 분분150)ㅎ여 슨야151)이 흔흔 날이고 천봉만학152)이 기류이 싸엿난엿난지라. 노루 스심 숨양이153)며 호랑 동물이 왕늬ㅎ난 되154) 바리고 도라와 이웃스람다려155) 말ㅎ되,

"셜홍 공ㅈ난 간밤이 경풍156)으로 불숭이 죽어기로 부인 묘ㅎ157)이 뭇고 왓노라."

ㅎ고 집이 곡셩을 늬드라.

슬푸다. 셜홍은 썰어딘 걸늬을 몸이 감고 피복단별158) 허튼159) 머리이

---

142) 월하(月下). 달빛이 비치는 아래.
143) 어느.
144) 동지(冬至)섣달. 동짓달과 섣달을 아울러 이르는 말로, 한겨울을 대표하여 이르는 말.
145) 엄동(嚴冬). 몹시 추운 겨울.
146) 종종. 사람이나 물건이 배게 서 있거나 놓여 있는 모양.
147) 석벽(石壁). 바람벽같이 깎아지른 듯한 언덕의 바위.
148) 참천(參天). 하늘을 찌를 듯이 공중으로 높이 솟아서 늘어섬.
149) 대작(大作). 바람, 구름, 아우성 따위가 크게 일어남.
150) 분분(紛紛). 여럿이 한데 뒤섞여 어수선함.
151) 산야(山野). 산과 들을 아울러 이르는 말.
152) 천봉만학(千峰萬壑). 수많은 산봉우리와 산골짜기.
153) 승냥이.
154) 데. 곳에.
155) 이웃사람에게.
156) 경풍(驚風). 어린아이에게 나타나는 증상의 하나. 풍(風)으로 인해 갑자기 의식을 잃고 경련하는 병. 경기(驚氣).
157) 묘하(墓下). 묘 아래.
158) 피복단(被服單)벌. 오직 한 벌의 옷.

빅셜은 펼펼 날나드려 빅두손이 도얏구나. 젹각탄[160] 공순[161] 즁이 기흔[162]
을 이기지 못ᄒ야 셜[163]즁이 업더저 퍼덕퍼하다가 속졀업시

16쪽

죽기 도얏든이, ᄒ나리 도으시와 공즁으로 봉황[164]이 한싱초[165]을 물고 나
려와 홍이 일신[166]을 쓕디[167]로ᄡ 안아다가 졀벽간이 품이 품고 누어 홍이
입이다가 물고 온 약을 먹이니, 이윽ᄒ여 몸이 더워지며 수족이 곰즉곰즉
ᄒ더이 응이응이 우난 소ᄅ 순천초목[168]이 다 우난 닷 ᄒ드라. 봉황이 나지
면[169] 나무 열ᄆ을 무려다가 머기고, 밤이면 날ᄋ[170]을 쌀고 더퍼 춘ᄒ추
동[171] 자시[172] 업시 홍을 다리고 지ᄂ디, 홍이 일츄월즁[173]ᄒ여 수수확시
일 수수확실ᄒ여 얼골이 옥으로 쌋근 닷 ᄒ드라. 홍은

17쪽

본디 화식[174]은 아지 못ᄒ고 선관[175]만 먹고 자라난 몸이라. 비호지 안이흔

---

159) 흐트러진, 헝클어진. '허틀다'는 '흐트러지다'의 옛말.
160) 젹막(寂寞)한. 고요하고 쓸쓸한.
161) 공산(空山). 사람이 없는 산중.
162) 기한(飢寒). 굶주리고 헐벗어 배고프고 추움.
163) 셜(雪). 눈.
164) 봉황(鳳凰). 예로부터 중국의 전설에 나오는, 상서로움을 상징하는 상상의 새.
165) 환생초(還生草). 죽은 목숨을 되살리는 풀.
166) 일신(一身). 온몸. 전신(全身).
167) 죽지. 새의 날개가 몸에 붙은 부분.
168) 산천초목(山川草木). 산과 내, 풀과 나무라는 뜻으로, '자연'을 이르는 말.
169) 낮이면.
170) 날개.
171) 춘하추동(春夏秋冬). 봄, 여름, 가을, 겨울의 네 계절.
172) 잠시(暫時). 짧은 시간.
173) 일취월장(日就月將). 나날이 다달이 자라거나 발전함.

줄176)을 능히 알며 시상만스177)를 모을 거시 업고 슉인으게 셔름178)바다
이 고딕 머무난 일을 역력히179) 아난고로, 져180)이 신셰을 싱각ᄒ야 눈물노
시월월181)을 보닉던이 어스지간182)이 팔연이 도얏난지라.

일일183)은 봉황이 홍이 무릅이 안ᄌ 나릭로 홍이 머리을 어로씨시며 눈
물을 흘이다가 빅운슨으로 나라가드라. 그려그려 닐낙서산184)ᄒ고 월츌동
영185) ᄒ딕

18쪽

봉황은 오도가도 안이ᄒ고 슨추경긔186) 거룩ᄒ더라. 원슨187)은 암암188)ᄒ
고 근슨189)은 즁즁190)ᄒ야 노판난딕191) 비금쥬슈192) 다 슬혀ᄒ난 닷 ᄒ더
라. 홍이 ᄌ연193) 비감194)ᄒ여 탄식 왈,

---

174) 화식(火食). 불에 익힌 음식을 먹음. 또는 그 음식.
175) 선과(仙果). 신선이 먹는 과일이라는 뜻으로, '복숭아'를 달리 이르는 말.
176) 자(字). 글자.
177) 세상만사(世上萬事). 세상에서 일어나는 온갖 일.
178) 설움. 서럽게 느껴지는 마음.
179) 역력히. 자취나 기미, 기억 따위가 환히 알 수 있게 뚜렷이.
180) 저. 자기.
181) 세월(歲月).
182) 어사지간(於斯之間). 어느 사이인지도 모르는 동안에. 어느새.
183) 일일(一日). 하루.
184) 일락서산(日落西山). 해가 서산으로 떨어짐.
185) 월출동령(月出東嶺). 동쪽의 고개에서 달이 떠오름.
186) 산천경개(山川景槪). 자연의 경치.
187) 원산(遠山). 멀리 있는 산.
188) 암암(巖巖). 산이나 바위가 높고 험함.
189) 근산(近山). 가까운 산.
190) 중중(重重). 겹겹으로 겹쳐져 있음.
191) 높았는데.
192) 비금주수(飛禽走獸). 날짐승과 길짐승을 통틀어 이르는 말.
193) 자연(自然). 의도적인 행위 없이 저절로.

"젼싱이 무슨 죄로 조실부모[195]ᄒ고 무주공슨[196]이셔 봉황으로 으지ᄒ여 무졍셰월[197]을 무졍ᄒ기 보ᄂᆞᆫ고. ᄎ라리 죽어 시상을 모로미 올타."
ᄒ고 슬허ᄒ더라.

호련 동편이 ᄒᆞᆫ ᄉᆞᄌᆞ[198] 웃두[199] 나셔되, 얼골은 표벽[200]갓고 눈은 경식[201]갓탄 놈이 머리이 상모[202] 관졀입을 쓰고 손이

19쪽

쳘을 들고 급피 좃ᄎ오거날, 홍이 놀ᄂᆞ ᄉᆞᄌᆞ다려 문 왈,
"심슨심곡[203]이 무슨 연고 잇셔 어린아ᄒᆡ을 이다디 놀ᄂᆡ기 ᄒ난잇가?"
ᄉᆞᄌᆞ 답 왈,
"나난 염나국[204] ᄉᆞ즐너이 우리 왕이 너을 ᄌᆞ부랴고 인간이 차자 단이다가 쳔ᄒᆡᆼ[205]으로 이곳디 와 만ᄂᆡ시이 너난 엇지 왕명[206]을 모로고 이럿타시 거만하야?"
ᄒ고 쳘퇴로 나려치거날, 홍이 놀ᄂᆡ어 졀벽 ᄒᆡᆼ이 썩구러지이 ᄉᆞᄌᆞ 홍을 결

---

194) 비감(悲感). 슬픈 느낌. 또는 그런 느낌이 듦.
195) 조실부모(早失父母). 어려서 부모를 여읨.
196) 무주공산(無主空山). 인가도 인기척도 전혀 없는 쓸쓸한 산.
197) 무정세월(無情歲月). 덧없이 흘러가는 세월.
198) 사자(使者). 저승에서 염라대왕의 명을 받고 죽은 사람의 넋을 데리러 온다는 심부름꾼. 저승사자.
199) 우뚝.
200) 표벽(表碧). 낯빛이 푸르름.
201) 경(磬)쇠. 점을 치는 일을 직업으로 삼는 소경이 경을 읽을 때 흔드는 놋 종지 모양의 작은 방울.
202) 상모(象毛). 벙거지의 꼭지에다 참대와 구슬로 장식하고 그 끝에 해오라기의 털이나 긴 백지 오리를 붙인 것.
203) 심산심곡(深山深谷). 깊은 산속의 으슥한 골짜기.
204) 염라국(閻羅國). 염라대왕이 다스리는 나라라는 뜻으로, '저승'을 달리 이르는 말.
205) 천행(天幸). 하늘이 준 큰 행운.
206) 왕명(王命). 임금의 명령.

박ᄒ야 숙이고 왈,

"시207) 느저 간다. 어서 가ᄌ."

ᄒ며 철퇴로 치이 유혈208)이 망신209)닉

20쪽

낭ᄌᄒ이 할 일 업셔 사자을 ᄯ라갈ᄉᆡ, 구봉순을 너머 흑운순을 도라보며 낙누210) 탄실 왈,

"져 공순명월211)은 인지 보면 언지 다시 볼고. 원슈로다, 져셩길212)리 원수로다."

하며 염나국 드러가이, 문지기가 증충213)을 들고서 군하 우이 혹입혹좌214) ᄒ여구나.

쏘 환 문 드려가이 ᄉ자 이십젼 여아을 결박ᄒ여 쓸고 나오거날, 홍이 ᄉᄌ다려 문 왈,

"져난 무슴 지로 져려 ᄒ난잇

21쪽

가?"

사자 답 왈,

"그 아히난 알남국215) 스람으로 신하을 통간216)ᄒ야, 어딘 션군217)을 죽

---

207) 시(時). 시간. 때.

208) 유혈(流血). 피를 흘림. 또는 흘러나오는 피.

209) 망신(亡身). 죽은 사람의 몸.

210) 낙루(落淚). 눈물을 흘림.

211) 공산명월(空山明月). 사람 없는 빈산에 외로이 비치는 밝은 달.

212) 저승길. 저승 가는 길.

213) 장창(長槍). 예전에, 긴 자루에 날을 붙여 군사들이 무기로 쓰던 칼.

214) 혹립혹좌(或立或座). 혹은 서기도 하고, 혹은 앉기도 하고.

이고 그 신하을 졔수코져 ᄒᆡ민 국이 요란ᄒᆡ기로 자바왓나이다."

쏘 ᄒᆞᆫ 문을 드러간이 ᄒᆞᆫ 소연이 쳥노ᄉᆞ을 타고 군ᄉᆞ을 거나리고 나오거날, 쏘 ᄒᆞᆼ이 무라이²¹⁸⁾ ᄉᆞᄌᆞ 답 왈,

"져난 유리국²¹⁹⁾ ᄉᆞ람으로 부모으게 효도ᄒᆞ고 친척으게 화순²²⁰⁾ᄒᆞᆫ고로 션군도앗난니다."

쏘 ᄒᆞᆫ 문 드려가니, 한 기집²²¹⁾을 홍ᄉᆞ²²²⁾로 목을 얼거 홍문²²³⁾ 우의 미여 난ᄃᆡ ᄭᅡᆨ막ᄭᅡ치²²⁴⁾ 달여드려 눈을 파거날 ᄒᆡ

22쪽

니 무르니 ᄉᆞᄌᆞ 답 왈,

"져여은 거딧말 줄ᄒᆞ고 나무게²²⁵⁾ 니간²²⁶⁾붓쳐 시ᄉᆡ²²⁷⁾ 붓치기가 일수요. 죄업난 ᄉᆞ람을 허물을 ᄌᆞ아ᄂᆡ야²²⁸⁾ 져악ᄒᆞᆫ 죄로 그리ᄒᆞ나이다."

---

215) 안남국(安南國). '베트남'의 다른 이름. 중국 당나라 때, 지금의 베트남령에 안
   남 도호부를 둔 데서 유래함.
216) 통간(通姦). 결혼하여 배우자가 있는 사람이 배우자가 아닌 사람과 성적 관계
   를 맺음.
217) 선군(善君). 어진 임금.
218) 무르니. 물어보니.
219) 유리국(琉璃國).
220) 화순(和順). 온화하고 양순함.
221) 계집.
222) 홍사(紅絲). 도둑이나 죄인을 묶을 때에 쓰던, 붉고 굵은 줄.
223) 홍문(紅門). 홍살문. 능(陵), 원(園), 묘(廟), 대궐, 관아(官衙) 따위의 정면에
   세우는 붉은 칠을 한 문(門).
224) 까마귀와 까치.
225) 남에게.
226) 이간(離間). 두 사람이나 나라 따위의 사이를 헐뜯어 서로 멀어지게 함.
227) 시새. '샘'의 방언. 남의 처지나 물건을 탐내거나, 자기보다 나은 처지에 있는
   사람이나 적수를 미워함. 또는 그런 마음.
228) 지어내어.

또 흔 문 드려간니, 흔 소여니 녹의홍스229)로 금등을 타고 옥제을 히롱ᄒ
며 나오거날, 홍니 또 무르니 ᄉᄌ 답 왈,

"그난 셔낭국 스람으로 조실부모ᄒ고 의락이 무쳐230)ᄒ여 진물노 활
린231)을 만이232) ᄒ고로 션여도앗난이다."

또 흔 문을 드러가니, 흔 ᄉᄌ 흔 스람을 꿀고 나오딕 허리의난 미시되고
허리우의난 끼고리 도얏난딕 뫼시 씬고리을 물고 이리져리 구

23쪽

리난딕 억기 우익난 스람이요, 머리익난 뿔리 돗고 귀가 느려져 얼골을 업
펴거날 홍이 무르이 ᄉᄌ 답 왈,

"그난 초국 스람이라. 마암이 불칙233)ᄒ여 남이 수만금234) 진물을 아
ᄉ235) 먹은고로 여려 가지 허물236)을 입펴 청손디옥237)이 가두어나이다."
ᄒ고 ᄉᄌ 안으로 드려가든이, 이윽ᄒ여 황근사ᄌ238) 왈 운239)을 차고 밍
호240)갓치 달여들어 설홍을 성화갓치 줍아가거날, 홍이 죽은 다시 업드럿

---

229) 녹의홍상(綠衣紅裳). 연두저고리에 다홍치마라는 뜻으로, 젊은 여자의 고운 옷
차림을 이르는 말.
230) 의탁(依託)이 무쳐(無處). 의지할 곳이 없음.
231) 활인(活人). 사람의 목숨을 구하여 살림.
232) 많이.
233) 불측(不測). 생각이나 행동 따위가 괘씸하고 엉큼함.
234) 수만금(數萬金). 매우 많은 돈을 이르는 말.
235) 앗아. 빼앗거나 가로채.
236) 꺼풀.
237) 철상지옥(鐵床地獄). 사람들의 등을 쳐서 부정한 방법으로 모은 재물로 떵떵거
리던 자가 가는 곳으로, 쇠 절구에서 짓찧은 뒤 쇠못이 빼곡하게 박힌 침상
위에 묶어 눕혀놓고 고통을 준다고 함.
238) 황건역사(黃巾力士). 신장(神將)의 하나. 힘이 세다고 함.
239) 훈(暈)의 잘못. 달무리, 햇무리 따위와 같이 색다른 빛으로 어떤 물체의 중심을
향하여 고리처럼 둘린 테.
240) 맹호(猛虎). 사나운 범.

든이 염나

24쪽

왕이 분부하딕,

"너난 본딕 슴틱션관으로 상졔젼 시위ᄒ난 션여로 글 지어 화답혼 죄로 인간이 니쳐, 명국 금능땅 잉무동이 셜히문이 ᄌ식도야 여러 번 죽을 익241)을 지니고 그 션여난 구화동 왕승상이 ᄌ식이 도여 고숭으로 지니난고로 너와 쳔숭연분242)이 잇거이와 너난 무슴 연고로 쳔명243)을 거사려 봉황으로 하여금 승지244)젼 진공245)하난 쳔도246)을 임으로 아ᄉ먹으이 상졔 아르시고 봉황을 ᄌ바다가 지함247)이 가두

25쪽

고 쳔도 마튼 션관을 원츤248) 졍빅249) 하야시이 널노 ᄒ여금 그려하이 네 무죄ᄒ면 즙할손야. 죄ᄉ250)을 바로 알이라."

ᄒ거날, 홍이 다시 졍신을 차려 ᄭ려 엿ᄌ오딕251),

"소ᄌ의 젼싱 지난 만변252) 죽ᄉ와도 앗갑지 안이ᄒ오나, 엿지 쳔명을

---

241) 액(厄). 모질고 사나운 운수.
242) 천생연분(天生緣分). 하늘이 정하여 준 연분.
243) 천명(天命). 하늘의 명령.
244) 상제(上帝).
245) 진공(進貢). 공물을 갖다 바침.
246) 천도(天桃). 선가(仙家)에서, 하늘나라에서 난다고 하는 복숭아.
247) 지함(地陷). 땅이 움푹 가라앉아 꺼짐.
248) 원찬(遠竄). 먼 곳으로 귀양을 보냄.
249) 정배(定配). 죄인을 지방이나 섬으로 보내 정해진 기간 동안 그 지역 내에서 감시를 받으며 생활하게 하던 형벌.
250) 죄상(罪狀). 범죄의 구체적인 사실.
251) 여쭈되.

거스려 봉황으로 ᄒᆞ여금 상계젼 진공난 천도을 아사 먹그리잇가. 어리 소견[253]이 싱각ᄒᆞ오이 바람이 ᄯᅥ려저 물이 ᄲᅢ지고 줍초이 ᄯᅥ려저 임ᄌᆞ업셔 바

26쪽

리난 열ᄆᆡ을 봉황이 주압기로 먹어ᄉᆞ오나, 쥭고 쥭ᄉᆞ와도 이 박기[254] 알이올 말ᄉᆞᆷ 업ᄉᆞ오이 복원[255] ᄃᆡ왕은 명졍지하[256]이 통촉하압소셔."

염나왕이 홍이 쥭언[257]을 듯고 다시 분부 왈,

"너을 지옥이 가두두어 쥭이려 ᄒᆞ엿든이 너이 말을 드라이 그를 듯홀 ᄲᅮᆫ, 셰상이 나가라 천명이 게시기로 방송[258]ᄒᆞ거이와 일후[259]난 그른 일리 업기 ᄒᆞ라."

ᄒᆞ고 방송ᄒᆞ거날, 홍이 죄을 면ᄒᆞ고 시상이 나가기 도얏시나 갈 발을 아지 못하야 두로 다이며

27쪽

우든이, 셜처ᄉᆞ 빈운을 타고 지ᄂᆞ다가 맛춤 보온이 홍이 홍문 아ᄅᆡ셔 슬피 울거날, 처ᄉᆞ 일희일비[260]ᄒᆞ여 빅운이 ᄂᆞ려 홍이 손을 줍고 탄식 왈,

"너난 날을 모로난다?"

홍이 우름을 그치고 엿ᄌᆞ오ᄃᆡ,

---

252) 만 번.
253) 소견(所見). 어떤 일이나 사물을 살펴보고 가지게 되는 생각이나 의견.
254) 밖에. 외에.
255) 복원(伏願). 웃어른에게 엎드려 공손히 원함.
256) 명정지하(明政之下). 밝은 정치를 펴시는 아래.
257) 직언(直言). 옳고 그른 것에 대하여 자신이 생각하는 바를 기탄없이 말함.
258) 방송(放送). 죄인을 감옥에서 나가도록 풀어 주던 일.
259) 일후(日後). 앞으로 다가올 날. 뒷날.
260) 일희일비(一喜一悲). 한편으로는 기뻐하고 한편으로는 슬퍼함. 또는 기쁨과 슬픔이 번갈아 일어남.

"소즈 엇지 존공261)을을 아으리잇가?"

처사 울며 왈,

"나난 너의 붓친이로다. 너을 바리고 늬 공산의 드라간 디 몸이 팔연어이라. 네 어이 아리요. 무숨 연고로 이고딕 드러와 우난야?"

홍이 그지야 붓친인 줄 알고, 얼골을 보고 쏘다시 보며 쑤려 지비 왈,

"복늬산262)이 예서 얼마나 되압

28쪽

기로 흔번 가시고 다시 오실 줄 모로시난잇가. 소즈263) 부모을 여힌 후의 수인으게 셔름을 바다 흑운슨 월흐의 바리든 말과 봉황이 구흐여 기우264) 스랏습든이 쯧밧긔 염나왕이 문졔265)초로 잡펴습기로 이곳이 드려와 갈 발을 아지 못흐야 우난이다."

하이, 처사 왈,

"너의 일을 딕강 알거이와 자연 천수266)라."

흐고 홍을 안고 빅운을 줍아타고 약수267) 삼쳘이를 건너간 물결은 충충268) 하여 흐날이 달여잇고 연환269)은 만발흔딕, 두 션관이 파초입흘 들고

---

261) 존공(尊公). 지위가 높은 사람을 높여 이르는 말.
262) 봉래산(蓬萊山). 중국 전설에서 나타나는 가상적 영산(靈山)인 삼신산(三神山) 가운데 하나. 동쪽 바다의 가운데에 있으며, 신선이 살고 불로초와 불사약이 있다고 함.
263) 소자(小子). 아들이 부모를 상대하여 자기를 낮추어 이르는 일인칭 대명사.
264) 겨우.
265) 문죄(問罪). 죄를 캐내어 물음
266) 천수(天數). 타고난 운명.
267) 약수(弱水). 신선이 살았다는 중국 서쪽의 전설 속의 강. 길이가 3,000리나 되며 부력이 매우 약하여 기러기의 털도 가라앉는다고 함.
268) 창창. 물결이 매우 거세게 부딪치는 소리. 또는 그 모양.
269) 연화(蓮花). 연꽃.

29쪽

가며 흔 선관은 천승270) 거문고를 희롱ᄒ거날, 홍이 부치게 엿ᄌ오ᄃᆡ,

"져난 뉘신잇가?"

쳐ᄉ 왈,

"풍월옹271)이난 이ᄐᆡᆨ빅272)이요, 거문고 희롱ᄒ난 이난 왕ᄌᄃᆡ로다."

숨신순273)을 나가ᄋᆡ 쳔장만중274) 고암275) 승이 홧초는 만발ᄒ ᄃᆡ 여려 선관이 바둑을 두거날, 홍이 무르ᄋᆡ 쳐ᄉ 답 왈,

"동편이 빅기를 들고 안진 이난 두모지276)요, 셔편이 흑기를 들고 안지 이난 소동파277)요, 그 뒤이 안자 훈수278)ᄒ난 이난 락화판을 밀치고 ᄌ니 수리나279) 머근로 가ᄌ흔 이 빅낙쳔280)이로다."

---

270) 천상(天上). 하늘 위. 천상계(天上界).

271) 풍월옹(風月翁). 맑은 바람과 밝은 달을 대상으로 시를 짓고 흥취를 자아내어 즐겁게 노는 노인.

272) 이태백(李太白). 이백(李白, 701-762). 중국 당나라의 시인. 태백(太白)은 이백의 자. 칠언 절구에 특히 뛰어나며, 이별과 자연을 제재로 한 작품을 많이 남김. 시성(詩聖) 두보(杜甫)에 대하여 시선(詩仙)으로 칭하여짐. 시문집에 『이태백시집』 30권이 있음.

273) 삼신산(三神山). 중국 전설에 나오는 봉래산, 방장산(方丈山), 영주산을 통틀어 이르는 말. 진시황과 한무제가 불로불사약을 구하기 위하여 동남동녀 수천 명을 보냈다고 함.

274) 천장만장(千丈萬丈). 높이가 아주 높거나 대단함을 비유적으로 나타내는 말. 천길만길.

275) 청산고암(靑山高巖). 풀과 나무가 무성한 푸른 산과 높은 바위.

276) 두목지(杜牧之). 두목(杜牧, 803-853). 이상은(李商隱)과 더불어 이두(李杜)로 불리는 중국 만당전기(晚唐前期)의 시인. 산문보다 시에 더 뛰어났으며, 근체시(近體詩) 특히 칠언절구(七言絶句)를 잘 했음.

277) 소동파(蘇東坡). 소식(蘇軾, 1036-1101). 중국 북송의 문인. 자는 자첨(子瞻). 호는 동파(東坡). 당송 팔대가의 한 사람으로, 구법파(舊法派)의 대표자이며, 서화에도 능하였음. 작품에 「적벽부」, 저서에 『동파전집(東坡全集)』 따위가 있음.

278) 훈수(訓手). 바둑이나 장기 따위를 둘 때에 구경하던 사람이 끼어들어 수를 가르쳐 줌.

건너편 동정281) 아릭 머리는 빅식갓고

30쪽

얼골은 도화282)갓튼 할미 치약283)ᄒ거날, 홍이 무르이 처스 왈,

　"쳥틱슨 마구284)션여로다."

ᄒ고, 홍을 옥탑 우이 안치고 왈,

　"너난 이곳이 잇다가 너 못친을 보고 가라. 나난 복틱슨으로 가노라."

ᄒ고 빅운을 타고 가거날, 홍이 붓친을 짜라가고져 ᄒ나 이난 앙망이 불급285)이라. 울고 안즈든이 홀연 빅옥 소릭 나든이 부인이 금등을 타고 지닉다가, 홍을 보고 운탑이 자려 낫철 흔틱 다이고 우다가 왈,

　"닉 너을 나아 이별ᄒ고 공순이 드려왓거이와 일일입이 서이 어나쩌 싱각업스랴."

ᄒ니 홍이 모친게

31쪽

엿즈오딕, 숙인으게 셔름 바든 말과 염나국 드려가 붓친 만닉든 마리며 부

---

279) 술이나.

280) 백낙천(白樂天). 백거이(白居易, 772-846). 중국 당나라의 시인. 자는 낙천(樂天). 호는 향산거사(香山居士), 취음선생(醉吟先生). 일상적인 언어 구사와 풍자에 뛰어나며, 평이하고 유려한 시풍은 원진(元稹)과 함께 원백체(元白體)로 통칭됨. 작품에 「장한가」, 「비파행」이 유명하고, 시문집에 『백씨문집』 따위가 있음.

281) 동정(東庭). 동쪽에 있는 뜰.

282) 도화(桃花). 복숭아꽃.

283) 채약(採藥). 약초나 약재를 캐거나 뜯어서 거둠.

284) 마고(麻姑)할미. 전설에 나오는 신선 할미. 새의 발톱같이 긴 손톱을 가지고 있다고 함.

285) 앙망이 불급(仰望不及). 우러러 보아도 미치지 못함.

친이 이곳이 다려다가 두고 가신 말을 고흥이 부인이 그 말 듯고 왈,

"너이 고상흔 일을 알고 다려오고 시푸나, 너난 시상을 써날 날리 머럿기로 뭇 다려왓거이와, 너난 급피 나가 쳔면²⁸⁶⁾을 어기지 말나. 나난 연화봉으로 가노라."

하고 가거날, 홍이 못친을 이별ᄒ고 딕셩통곡²⁸⁷⁾ᄒ다가 놀닉 씨다르이 남가일몽²⁸⁸⁾이라. 붓친 얼골 눈이 슴슴ᄒ고²⁸⁹⁾ 모친이 말슴 소릭 귀이 징징²⁹⁰⁾ᄒ여 우름으로 시월을 보닉드라.

잇써

32쪽

슉인은 홍을 슨즁이 바린 후이 몸이 피곤ᄒ여 피골이 승졉²⁹¹⁾ᄒ여 명복²⁹²⁾을 쳥ᄒ여 무르이 복지²⁹³⁾ 왈,

"ᄌ식갓튼 스람이 슨즁이 무처 원혼²⁹⁴⁾이 되엿시이 그려흔 일 잇거던, 원혼을 푸러주면 몸도 편편ᄒ고 기 ᄌ연 도라올리다."

ᄒ이, 슉인 그 말을 듯고 닉심²⁹⁵⁾이 싱각ᄒ되,

'셜홍이 원홍이 날을 히ᄒ미라.'

---

286) 쳔명(天命). 하늘의 명령.
287) 대셩통곡(大聲痛哭). 큰 소리로 몹시 슬프게 곡을 함.
288) 남가일몽(南柯一夢). 꿈과 같이 헛된 한때의 부귀영화를 이르는 말. 중국 당나라의 순우분(淳于棼)이 술에 취하여 홰나무의 남쪽으로 뻗은 가지 밑에서 잠이 들었는데 괴안국(槐安國)으로부터 영접을 받아 20년 동안 영화를 누리는 꿈을 꾸었다는 데서 유래함.
289) 삼삼하고. 잊지 않고 눈앞에 보이는 듯 또렷하고.
290) 쟁쟁(琤琤). 전에 들었던 말이나 소리가 귀에 울리는 느낌.
291) 피골상접(皮骨相接). 살가죽과 뼈가 맞붙을 정도로 몹시 마름.
292) 명복(名卜). 이름난 점쟁이.
293) 복자(卜者)가. 점쟁이가.
294) 원혼(冤魂). 분하고 억울하게 죽은 사람의 넋.
295) 내심(內心). 속마음.

ᄒ고 그 잇튼날 운셤을 불너 왈,

"홍을 바린 지 여러 히라. 어듸로 죽엇기난 어려서도[296] 죽어실 거시이, 져이 죄난 만변 죽어도 앗갑지 안이 ᄒ거이와 처ᄉ이 혈육인고로 뼈나 ᄎᄌ 다가 져이 부친 묘ᄒ이 무더

33쪽

주라."

ᄒ이, 운셤이 층영[297]ᄒ고 흑운숀이 들어가 ᄎ지듸 변[298] ᄒ 기도 업난지 라. 운셤이 싱각하듸,

'필연 무슨 짐싱이 모도 식[299]을 ᄒ엿도다.'

ᄒ고 쥬져ᄒ든이 어듸셔 우람소릐 들이거날, 그 우람소릐을 차자가든이 엇 든 아히 읍숭[300]이 안ᄌ 울거날 나아가 그 아히다려 문 왈,

"공ᄌ난 뉘신관듸 무주공순이 홀노 안ᄌ 우난잇가?"

홍이 우름을 긋치고 왈,

"나난 금능쌍 잉무동이 ᄉ난 셜쳐ᄉ 아들노 조실부모ᄒ고 이고듸 와 잇 거이와 부인은 엇

34쪽

지 문난잇가?"

ᄒ이, 운셤이 그졔야 홍인 줄 알고 왈,

"공ᄌ난 시비 운셤을 모라난잇가? 부인이 공ᄌ을 다려오라 ᄒ기로 왓난

---

296) 얼어서도.

297) 청령(聽令). 명령을 주의 깊게 들음.

298) 뼈.

299) 식(食). 잡아먹음.

300) 암상(巖上). 바위 위.

이다."

ᄒ고 업피라 ᄒ거날, 홍이 싱각ᄒ디,

'못친이 날을 바리고 인화봉으로 가시든이 다려오라 ᄒ시미라.'

ᄒ고 업피여 온이라. 운셤이 도라와 숙인 젼이 알익딕,

"공쥬 바리든 순이 드러가오이 공쥬 죽지 아이ᄒ엿습기로 다려왓난이다."

ᄒ이, 숙인이 홍을 모긔 칼갓튼 마암이 불꼿갓치 이

35쪽

러나미 운셤이다려 왈,

"늬 셜홍 곳 보면 병이 졀노 나난고로 너다려 순즁이 바러라 ᄒ엿드이, 너난 늬 말을 듯지 안이ᄒ고 무쥬식ᄒ 사람을 주엇다가 일이 탈노[301]한 듯ᄒ이 요스[302]ᄒ 말노 늬 심즁을 승키ᄒ이, 늬 엇지 노주[303]간 뎡[304]이라 ᄒ리요. 늬 눈압이 보이게 말나."

ᄒ고 남이 모르기 은금[305]을 흣터 독약을 구ᄒ여 홍을 먹이이, 홍은 이른 흉기[306]를 모르고 바다 먹으딕디 본딕 화식은 모르고 션과만 먹은 속이라 죽든 아이ᄒ딕, 팔을 피고 오그리지 못

36쪽

ᄒ고 다리을 오그리고 피디 못ᄒ이 시상이 이른 병신이 어딕 잇시리요. 눈물리 비오 듯ᄒ 즁이 혜가 구더 말을 못ᄒ고 거무[307] 터리가 만신[308]이 가

---

301) 탄로(綻露). 숨긴 일을 드러냄.

302) 요사(妖邪). 요망하고 간사함.

303) 노주(奴主). 종과 주인을 아울러 이르는 말.

304) 정(情). 사랑이나 친근감을 느끼는 마음.

305) 은금(銀金). 은과 금을 아울러 이르는 말.

306) 흉계(凶計). 흉악한 계략.

307) 검은. 까만.

득 ᄒ고 눈만 쌕쏨309)한이 곰이 식기310) 갓드라. 숙인은 본딕 남이 쳔이311) 되면 조화ᄒ고312) 귀히313) 딕면 시기314)ᄒ난고로, 홍이 일신을 보고 깃거ᄒ야315) 후원이 우리316)을 딧고 그 안이 가두고 일홈을 인곰이라 ᄒ고 날노 구경ᄒ며 죽지317)로 딜버기니318) 홍이 기롬319)을 이기지 못ᄒ야 그 죽디르 피ᄒ여 이리저리 기단

37쪽

이이, 숙인 홍이 그 거동320)을 보고 조화 여겨 더옥 좃츠가며 디르고 벽즁딕 소321)ᄒ드라. 슬푸다, 셜홍이 탄식 왈,

"젼싱이 무슴 죄로 조실부모ᄒ고, 숙인은 무슴 원수로 산즁이 촛츠니여 죽이랴 ᄒ다가 도로 다려다가 이 지경을 ᄒ이 황쳔322)이 감동ᄒ사 봉황이 다시 구ᄒ소셔. 숙인은 부모 션기든323) 스람이라, 날을 낫튼 안이 ᄒ엿시딕 분명 어미라. 익ᄌ지졍324)은 일반325)이라. 본심326)이 어지지327) 못ᄒ여 그

---

308) 만신(滿身). 온몸.
309) 빠끔. 작은 구멍이나 틈 따위가 깊고 또렷하게 나 있는 모양.
310) 새끼. 낳은 지 얼마 안 되는 어린 짐승.
311) 쳔(賤)이, 천하게.
312) 좋아하고.
313) 귀(貴)히, 귀하게.
314) 시기(猜忌). 남이 잘되는 것을 샘하여 미워함.
315) 기뻐하여.
316) 짐승을 가두어 기르는 곳.
317) 작대. 긴 막대기.
318) 질벅이니. 옆구리 따위를 자꾸 쿡쿡 찌르니.
319) 괴로움.
320) 거동(擧動). 몸을 움직임. 또는 그런 짓이나 태도.
321) 박장대소(拍掌大笑). 손뼉을 치며 크게 웃음.
322) 황천(皇天). 크고 넓은 하늘.
323) 섬기던.
324) 애자지정(愛子之情). 자식을 사랑하는 정.

려ᄒᆞ이 엇지 원망ᄒᆞ리요.

　도시328) 천수라."

ᄒᆞ고, 고ᄉᆞᆼ으로 세월 보ᄂᆡ드라.

　잇ᄃᆡ 이웃딥 노구329) 슘인이 드라와 문안330)ᄒᆞ고 왈,

　"듯ᄌᆞ오이 딕이 인곰이란 딤ᄉᆡᆼ이 잇셔 구경코저 왓난이다."

ᄒᆞ이, 슉인이 그 말을 듯고 ᄃᆡ분331) ᄃᆡ로332) 왈,

　"ᄂᆡ 딥이 딤ᄉᆡᆼ 기르난 비도 업거이와 인곰이란 말은 지상333)이 듯도 못ᄒᆞᆫ 말이라. 할미난 나를 위ᄒᆞ로 오미 안이라 흉담334)ᄒᆞ로 오미라. 어ᄃᆡ셔 들엇난디 이 말을 츌처근본335) ᄒᆞ라."

　노구 ᄃᆡ 왈,

　"일즉336) 빅셩이 말ᄒᆞᄃᆡ 셜처ᄉᆞ

　딕이난 인곰이 잇셔 날노337) 사랑ᄒᆞ드이다."

---

325) 일반(一般). 다른 것이 없는 마찬가지의 상태.
326) 본심(本心). 본디부터 변함없이 그대로 가지고 있는 마음.
327) 어질지. 마음이 너그럽지.
328) 도시(都是). 도무지. 이러니저러니 할 것 없이 아주.
329) 노구(老嫗). 늙은 여자. 노파.
330) 문안(問安). 웃어른께 안부를 여쭘. 또는 그런 인사.
331) 대번에. 서슴지 않고 단숨에. 또는 그 자리에서 당장.
332) 대로(大怒). 크게 화를 냄.
333) 지상(地上). 땅의 위.
334) 흉담(凶談). 흉구덕. 남의 흉을 헐뜯어 험상궂게 말함. 또는 그런 말.
335) 출처근본(出處根本). 사물이나 말 따위가 생기거나 나온 근거나 바탕.
336) '일찍'의 옛말. 예전에. 또는 전에 한 번.

하이, 숙인이 노구을 쑤디저 왈,

"어듸셔 불승셜338)을 듯고 와셔 남이 딥을 더러피이 밧비 가라."

ᄒ시거날, 노구 무류339)ᄒ여 도라가드라. 숙인이 시비을 불너 왈,

"홍은 젼싱 죄가 중ᄒ여 져 모양이 드얏스나, 촤마 인졍간이 져바리디 못ᄒ여 딥이 두엇시나 남이 알면 져이 죄난 업셔디고 늬이 허물340)만 날거시니, 홍인 늬 딥이 화근341)이라. 저을 딥이도 유익342)ᄒ미 업시이 금야343) 삼경이 타인이 모르기 다러다가 수중344)이 든지고 오

40쪽

라."

ᄒ이, 시비 쳥인ᄒ고 그날밤 숨겨이 홍을 물이 엿고 오드라.

슬푸다, 셜홍이 물이 쌔지이 난듸업난 나무둥치345)기가 벽파346) 승이 나려오다가 홍을 등이 업고 만경충파347)를 살갓치348) 나려가난지라. 청풍은 셔리349)ᄒ고 슈판은 불흥350)이라. 빅노난 힝강351)ᄒ고 수광은 졉쳔352)이

---

337) 날로. 날이 갈수록.
338) 불성셜(不誠說). '어불성설(語不成說)'의 준말. 말이 조금도 사리에 맞지 아니함.
339) 무류하여. 무안하여.
340) 허물. 남에게 비웃음을 살 만한 거리.
341) 화근(禍根). 재앙의 근원.
342) 유익(有益). 이롭거나 도움이 됨.
343) 금야(今夜). 오늘밤.
344) 수중(水中). 물속.
345) 나무둥치. 큰 나무의 밑동.
346) 벽파(碧波). 푸른 파도. 또는 푸른 물결.
347) 만경창파(萬頃蒼波). 한없이 넓고 넓은 바다.
348) 살같이. 쏜살같이. 쏜 화살과 같이 매우 빠르게.
349) 청풍은 서래(淸風西來). 부드럽고 맑은 바람은 서쪽에서 불어옴.
350) 수파는 불흥(水波不興). 물결은 일지 않음.
351) 백로는 횡강(白鷺橫江). 백로는 강을 가로지름.
352) 수광은 접천(水光接天). 물빛은 하늘에 닿음.

라. 홍이 슬 마음을 먹고 언덕이 ᄎ즈 올나가이, 층암절벽353) 숭이 이화도화354) 만발355)혼 중이 무정혼 두건이난 오락가락356) ᄒ드라.

"으르혼357) 무인지경358)이 어디 사람이 잇셔 날을 살이리요. 혹 ᄉ

스람을 만닌들 짐싱인 줄 알고 잡아먹을 듯ᄒ이 어이ᄒ리요."
ᄒ드라.

잇써 북순도이 인난 초동359)드리 남걸ᄒ다가360) 설홍을 보고 여려 초동드리 둘너쏘고 즉디로 딜버기디 조금도 스람을 힝홀 쓰지 업거날, 풀과 곳철 썩써 주어도 안이 먹거날 가저온 밥을 준이 주난 디로 먹고 압발을 드러 두어 번 절ᄒ고 무신 소리을 하든이 식까만 털 속이서 눈물이 쯧거이 밋거이361) ᄒ거날, 그중이 웅빅이라 ᄒ난 사람이 그 딤싱을 불상이 싱각ᄒ고 다리고 집이 도라

오이 동닉 남녀노소362) 업시 와 구경ᄒ고 왈,

"북순도난 천ᄒ이 명승지363)라, 일홈 업난 딤싱이 무수ᄒ도다."

---

353) 층암절벽(層巖絶壁). 몹시 험한 바위가 겹겹으로 쌓인 낭떠러지.
354) 이화도화(梨花桃花). 배꽃과 복숭아꽃.
355) 만발(滿發). 꽃이 활짝 다 핌.
356) 계속해서 왔다 갔다 하는 모양.
357) 이러한.
358) 무인지경(無人之境). 사람이 살고 있지 않는 외진 곳.
359) 초동(樵童). 땔나무를 하는 아이.
360) 나무를 하다가. 땔감으로 쓸 나무를 베거나 주워 모으다가.
361) 맺거니 듣거니. 눈물 따위가 글썽글썽하여 맺히거니 떨어지거니.
362) 남녀노소(男女老少). 남자와 여자, 늙은이와 젊은이이란 뜻으로, 모든 사람을 이르는 말.

ᄒ고, 즈셔이 보이 이목구비와 수품364)은 스람갓드라. 말을 못ᄒ고 눈물만 흘이이, 혹즈365)난 줍아 약으로 씨자 ᄒ드라. 응빅이 그 딤싱을 협실366)이 두고 읍준367)을 갓초와 먹이이 보난 스람드리 층츤ᄒ드라.

잇찌 희남쌍이 사난 명션이라 ᄒ난 스람이 그 말을 듯고 응빅이 딥이 이르러 인스 후 문 왈,

"듯즈오이 그딕이 고이ᄒ 딤싱이 잇다 ᄒ기로 불원철이368)ᄒ고 왓스오이 구경ᄒ

스이다."

ᄒ이, 응빅이 왈,

"그리ᄒ소셔."

ᄒ고 다리고 협실이 드러가이 과연 딤싱이 잇시딕, 스람을 보고 기동369)ᄒ여 온겨 안거날 즈셔이 보이 비록 짐싱이나 인이여디심370)이 잇난 닷ᄒ거날, 명션이 주인다려 왈,

"이 딤싱을 보이 실노 기묘ᄒ다. 딕이 두어야 유인371)ᄒ미 업실 듯ᄒ이 닉기 갑슬 후이 밧고 팔미 엇더ᄒ요?"

응빅이 왈,

"무주공산이 님자 업는 딤싱을 엇디 갑셜 밧고 팔이요."

---

363) 명승지(名勝地). 경치가 좋기로 이름난 곳.
364) 수품(手品). 손을 놀려 무엇을 만들거나 어떤 일을 하는 재주.
365) 혹자(或者). 어떤 사람.
366) 협실(夾室). 안방에 딸린 작은 방.
367) 육찬(肉饌). 고기붙이로 만든 반찬.
368) 불원천리(不遠千里). 천 리 길도 멀다고 여기지 않음.
369) 기동(起動). 몸을 일으켜 움직임.
370) 인의지심(仁義之心). 어질고 의로운 마음.
371) 유익. 이로움.

명션이 조흔 말노 사기을 쳥ᄒᆞ딕, 응빅이 죵시372) 듯지 아이ᄒᆞ거날 명션

44쪽

이 할 일 업서 긱실373)이 도라와 셕반374) 후의 아모리 싱각하여도 살 모칙375)이 업난지라. 흑심376)이 츌하여377) 그날밤 슴경이 잠든 짐싱을 가만이 도젹ᄒᆞ여 가지고 다라난이라.

그 잇튼날 응빅이 협실이 드러가 보니 딤싱이 업난디라. 긱실이 나와 보이 쏘흔 손378)이 업거날 그졔야 그ᄉᆞ람 다려간 쥴 알고 굽피 뒤을 조ᄎᆞ가디 ᄎᆞ지 못하고, 딥이 도라와 엿취여몽379)하여 실셩흔 사람갓드라. 이날 명션이 그 딤싱을 다리고 딥이 도라와 육춘을 갓초와 먹니고 등칙380)로 춤

45쪽

추기와 온갓 지조을 씨기드라.

불ᄉᆞᆼᄒᆞ다, 셜홍이 갈ᄉᆞ록 팔즈381)가 기박ᄒᆞ다382). 미를 견듸지 못ᄒᆞ여 온갓 지조을 잘하난지라. 명션이 보릭딕단383) 겹바지384)을 디어 입피고 싱

---

372) 종시(終是). 끝까지 내내.
373) 객실(客室). 손님을 거처하게 하거나 접대할 수 있도록 정해 놓은 방.
374) 석반(夕飯). 저녁밥.
375) 모책(謀策). 어떤 일을 처리하거나 모면할 꾀를 세움. 또는 그 꾀.
376) 흑심(黑心). 음흉하고 부정한 욕심이 많은 마음.
377) 출(出)하여. 일어. 생겨.
378) 다른 곳에서 찾아온 사람.
379) 여취여몽(如醉如夢). 취한 듯하기도 하고 꿈 같기도 함.
380) 등(藤)채. 무장(武裝)할 때 쓰던 채찍. 굵은 등(藤)의 도막 머리 쪽에 물들인 사슴 가죽이나 비단 끈을 단 것.
381) 팔자(八字). 사람의 한 평생의 운수.
382) 기박(奇薄)하다. 팔자, 운수 따위가 사납고 복이 없음.
383) 보라 대단(大緞). 보라색 비단. 대단(大緞)은 중국에서 나는 비단의 하나.
384) 겹바지. 솜을 두지 않고 거죽과 안을 맞추어 겹으로 지은 바지.

추385)로 통힝젼386)을 지어 사족387)이 아롱다롱 구식388)ᄒ고, 금굴늬389)을
쎠셔 물고 시변390)이 단이면 놀름391)을 시죽ᄒ니 육이 흔젼ᄒ고 은젼392)이
무수ᄒ이, 호가스393)이 광치견즁394)ᄒ고 시상이 그릴395) 거시 읍시나 홍이
신시396)난 가련 가긍ᄒ드라. 셰월이 열류ᄒ늬397) 여러 히 되미 홍이 발긋
아이

46쪽

간고 업드라.

　일일은 소주당 구화동이 이르디 노름을 시죽할식 그고젼398) 공후399) 가
족이 만은고로 으막400)을 널이 치고 남녀노소 업시 구경홀식 세상이 보지

---

385) 생초(生綃). 생사로 얇고 성기게 짠 옷감.
386) 통행전(筒行纏). 아래에 귀가 없고 통이 넓은 행전. 행전(行纏)은 바지나 고의
　　를 입을 때 정강이에 감아 무릎 아래 매는 물건. 반듯한 헝겊으로 소맷부리처
　　럼 만들고 위쪽에 끈을 두 개 달아서 돌라매게 되어 있음.
387) 사족(四足). 짐승의 네 발. 또는 네 발 가진 짐승.
388) 구색(具色). 여러 가지 물건을 고루 갖춤. 또는 그 모양새.
389) 금 굴레. 금으로 만든 굴레. 굴레는 말이나 소 따위를 부리기 위하여 머리와
　　목에서 고삐에 걸쳐 얽어매는 줄.
390) 시변(市邊). 시가지의 변두리.
391) 놀음놀이. 굿, 풍물, 인형극 따위의 우리나라 전통적인 연희를 통틀어 이르는 말.
392) 은전(銀錢). 은으로 만든 돈.
393) 호가사(好家舍). 화려하게 잘 지은 집.
394) 광치전장(廣置田莊). 논밭을 많이 가짐.
395) 그릴. 사랑하는 마음으로 간절히 생각할.
396) 신세(身世). 주로 불행한 일과 관련된 일신상의 처지와 형편.
397) 여류(如流)하여. 물의 흐름과 같다는 뜻으로, 세월이 매우 빠름을 비유적으로
　　이르는 말.
398) 그곳은.
399) 공후(公侯). 봉건 시대에 군주가 내려 준 땅을 다스리던 사람.
400) 의막(依幕). 막사로 쓰는 천막이나 장막이라는 뜻으로, 임시로 거처하게 된 곳
　　을 이르는 말.

못ᄒᆞ든 딤ᄉᆡᆼ이 차복401)을 입고 압발노 구402)을 한ᄎᆞᆼ 티다가 모든빅이 살판403)도 ᄒᆞ며 공즁으로 덕히 너부며 옥준404)이 술을 부어 압압히 올이며 졀을 공순이 ᄒᆞᄂᆡ, 사람마다 술준을 바다 가지고 은금을 만이 주ᄂᆡ 그 ᄌᆡ물리 무수ᄒᆞ

드라.

잇ᄯᅵ 왕승승이라 하난 ᄌᆡ승405)이 구경하다가, 그 딤ᄉᆡᆼ을 보이 져이 주린406)을 두려하야 ᄌᆡ조을 줄ᄒᆞ나 괴롬을 이기지 못ᄒᆞ다, ᄯᅩᄒᆞᆫ 슬품을 머금고 거무 털 속이 눈물을 흘이거날 승승407)이 ᄌᆞ연 비감ᄒᆞ야 그 주인다려 문 왈,

"져 짐ᄉᆡᆼ은 어ᄃᆡ서 다려왓시며, 본ᄃᆡ ᄌᆡ조을 줄ᄒᆞ든야?"

명션이 주408) 왈,

"잇기난 북슌도ᄋᆡ셔 다려왓습고, ᄌᆡ조난 육칠 속을 가라친 빅로소이다."

ᄒᆞᄂᆡ, 승승 왈,

"셤 즁이 잇난 딤ᄉᆡᆼ을 가지고 은금을 만이 어드

---

401) 채복(彩服). 색깔이 고운 옷.

402) 구(球). 공.

403) 살판뜀. 남사당놀이의 셋째 놀이. 몸을 날려 넘는 땅재주.

404) 옥잔(玉盞). 옥으로 만든 술잔.

405) 재상(宰相). 임금을 돕고 모든 관원을 지휘하고 감독하는 일을 맡아보던 이품 이상의 벼슬. 또는 그 벼슬에 있던 벼슬아치.

406) 주인(主人). 대상이나 물건 따위를 소유한 사람.

407) 승상(丞相). 옛 중국의 벼슬. 우리나라의 정승에 해당함.

408) 주(奏). 말씀을 아뢰던 일.

니, 너난 좃커니와 금409) 짐싱은 북숭지410) 안이ᄒᆞ야. 은젼 빙양411)을 줄 거시이 팔고 가라."
ᄒᆞ니 명션이 싱각ᄒᆞ딕, 은젼 빅양도 젹지 안이ᄒᆞ거이와 승승이 말슴을 거역지 못ᄒᆞ야 그 딤승을 올이거날, 승승이 그 딤싱을 다리고 딥이 도라와 수일 후이 시비을 불너 왈,

"이 딤싱 본딕 북슌도이 잇다하이 그 딤싱을 다리고 남이 모르기 두고 오라."
ᄒᆞ이, 시비 쳥영ᄒᆞ고 그 딤싱을 다려다가 북슌동이 바리고 오이라. 슬푸다, 셜홍은 승승이 은

은덕412)을 닙어 명션을 이별ᄒᆞ고 북슌도이이 도라오이, 화초413)는 만발ᄒᆞᆫ 딕 주림414)을 견딕디 못ᄒᆞ여 돌그로 머리을 고이고 수목 스이이 누어 줌관 조우드이, ᄒᆞᆫ 노승이 와셔 어로딕,

"불숭ᄒᆞ다, 셜홍 공ᄌᆞ난 젼싱이 무ᄉᆞᆷ 죄로 져러한 허물을 쓰고 누어 외로이 디닉난고?"
ᄒᆞ며 바랑415)이셔 실과416)을 닉여주거날, 홍이 바다 먹으이 빅부르고 졍신

---

409) 그. 말하는 이와 듣는 이가 아닌 사람을 가리키는 삼인칭 대명사.
410) 불쌍하지.
411) 백(百) 냥.
412) 은덕(恩德). 은혜와 덕. 또는 은혜로운 덕.
413) 화초(花草). 꽃이 피는 풀과 나무 또는 꽃이 없더라도 관상용이 되는 모든 식물을 통틀어 이르는 말.
414) 주림. 주로 먹을 것을 제대로 먹지 못하여 주리는 일.
415) 바랑. 중이 등에 지고 다니는 자루 모양의 큰 주머니.
416) 실과(實果). 나무 따위를 가꾸어 얻는, 사람이 먹을 수 있는 열매.

이 식식ᄒ거날 이러나 공경비ᄉ[417) 왈,

"존ᄉ[418)난 어딕 기시관딕 죽기딘 인싱을 슬이신이

은히 빅골난만[419)이로소이다."
ᄒ이, 그 승이 우어[420)

"소승[421)은 덕유산 쌍용ᄉ이 잇쑵드니, 천궁이 단이다가 즘간 주림을 피여준 겨셜 엇지 은혜라 ᄒ리요. 이 고졀 떠나 북편 져근 길노 드러가면 충용ᄉ이란 ᄉ 잇고 그 안이 운담도사 잇스니, 그 도ᄉ럴 만닉 술법[422)을 비운 후이 왕승승이 은혜을 잇디 마르소서."
ᄒ고, 쏘 탈갑[423)할 약을 주거날 홍이 바다 먹으이 노승이 홀연 간딕업거날 마암

이 고닉ᄒ야든이, 문득 뒤동ᄉ이셔 부국부국 우난 소릭 놀닉 기다르이 남가 일몽이라. 일시이 가득ᄒ 터리 업고 수족을 임으로 놀이고 말을 마암딕로 ᄒ니 죽어다가 환싱[424)함 갓드라. 그제야 붓쳐중인 줄 알고 공중을 향ᄒ야 무수이 사은[425)ᄒ고 왈,

417) 공경배사(恭敬拜謝). 존경하는 웃어른에게 공경히 받들어 사례함.
418) 존사(尊師). '도사(道士)'를 높여 이르는 말.
419) 백골난망(白骨難忘). 죽어서 백골이 되어도 잊을 수 없다는 뜻으로, 남에게 큰 은덕을 입었을 때 고마움의 뜻으로 이르는 말.
420) 웃으며.
421) 소승(小僧). 중이 자기를 낮추어 이르는 일인칭 대명사.
422) 술법(術法). 음양(陰陽)과 복술(卜術)에 관한 이치 및 그 실현 방법.
423) 탈갑(脫甲). 허물을 벗음.
424) 환생(還生). 다시 살아남.
425) 사은(謝恩). 받은 은혜에 대하여 감사히 여겨 사례함.

"발기버슨 아히 어듸로 가리요?"

나무닙을 떠여 압을 가리오고 흠한426) 조분 길노 낙화427)을 발바 갈

52쪽

시 청숭 고암은 첩첩이 둘너 잇고 강수428)난 준준ᄒ여 굽이굽이 폭포듸며 유록도홍429) 난만430) 중이 두경431)이 슬피 울고 가니 뭇노라니,

"져 두경아, 너 어니 우지우지나야? 너이 우람소릐 늬이 심수 둘듸업다. 너이 신셰 싱각ᄒ니 늬이 셔름과 갓드라. 철석간중432)인들 아니 울고 어이 ᄒ리요."

눈물을 머금고 수목 사이이 이르러 졈졈 드러간니 수

53쪽

간 초옥을 졍결이 붓칫스듸 운담도스 머무난 딥이라. 홍이 직비 왈,

"소즈 팔즈 기박ᄒ와 천봉지락433) 니별을 당ᄒ고 으탁이 부쳐434)ᄒ와, 광풍435)이 젼운436)갓치 단이다가 천힝으로 도덕 문ᄒ437)이 이르럿스오이 션

---

426) 험(險)한. 땅의 형세가 발을 디디기 어려울 만큼 사납고 가파른.

427) 낙화(落花). 떨어진 꽃. 또는 꽃이 떨어짐.

428) 강수(江水). 강물.

429) 유록도홍(柳綠桃紅). 봄날의 버들잎의 빛깔과 같이 노란색을 띤 연한 녹색과 복숭아꽃의 빛깔과 같이 붉은 색.

430) 난만(爛漫). 꽃이 활짝 많이 피어 화려함.

431) 두견(杜鵑).

432) 철석간장(鐵石肝腸). 굳센 의지나 지조가 있는 마음.

433) 천붕지탁(天崩地坼). 요란한 소리에 하늘이 무너지고 땅이 터져 나갈 듯이 흔들려 움직임.

434) 부처(不處). 머물 곳이 없음.

435) 광풍(狂風). 미친 듯이 사납게 휘몰아치는 거센 바람.

436) 전운(轉雲). 떠도는 구름.

437) 문하(門下). 가르침을 받는 스승의 아래.

싱 은혜을 비푸러 슬ᄒᆡ이 두기을 바리난이다." 전

　　도스 왈,

　　"너난 부모 친척도 업고 즁고디모[438] ᄒ

54쪽

　　여 단이다가 나을 ᄎᆞᆽ왓는야? 너난 금능짱 잉무동이 사난 셜ᄒᆡ문이 아
달 홍이 안이야?"

　　주 왈,

　　"과연 그려ᄒᆞ거이와 션잉[439]은 엇디 아르시난잇?"

　　도스 왈,

　　"ᄌᆞ연 아노라."

ᄒᆞ고 동ᄌᆞ[440]을 명ᄒᆞ여 이복[441]과 셕반을 지촉ᄒᆞ여 주거날, 홍이 바다 입고
먹은 후이 치스[442] 왈,

　　"도덕 문ᄒᆞ이 이르러 음식을 부쳣스오이 은혜을 엇지 다 갑스오리잇가."

　　도스 왈,

　　"먹고

55쪽

　　굼기와 입고 벗기난 다 그딕이 팔자라. 엇디 닉이 은혜라 ᄒᆞ리요."

ᄒᆞ고, 그 잇튼날 도도이 홍을 다리고 모욕ᄌᆞ기ᄒᆞ고 단을 놉피 뭇코 습칠

---

438) 즁고지모(重苦遲暮). 참기 힘든 고통을 겪으며 점차 나이를 먹어 늙어감. 또는
　　그렇게 된 때.

439) 선생(先生). 학예가 뛰어난 사람을 높여 이르는 말.

440) 동자(童子). 절에서 심부름하는 아이.

441) 의복(衣服). 옷.

442) 치사(致謝). 고맙고 감사하다는 뜻을 표시함.

일443)을 비러이 힘을 어든 후이 천문지리444)와 육도삼약445)을 빈운 후이 집이도병법446)을 가라친이, 홍니 본디 웅지447) 호고로 호 가지을 가라치면 열 가지을 알고 열 가지을 가라치면 빅 가지를 아난지라. 승통천

56쪽

문448) 호고 하달지리449) 호고 명경말니450) 호고 풍운도화451)와 둔갑중신452)이며 육경육갑453) 오힝팔괴454) 심중455)이 품어시니 천호이 영웅이요, 시상이 그 후디 리 업드라. 도스 더옥 사랑호야, 홍을 다리고 충용봉이 올나가 호날을 가라처 왈,

"저난 천호이 주성456)이요, 이난 너이 직성457)이라."

직성은 이려이려호고 시성은 져려져려호며 각

443) 삼칠일(三七日). 스무하루 동안. 또는 스무하루가 되는 날.
444) 천문지리(天文地理). 우주와 천체의 온갖 현상과 그에 내재된 법칙성과 지형이나 방위를 인간의 길흉화복.
445) 육도삼략(六韜三略). 중국의 오래된 병서(兵書). 중국 주(周)나라 태공망이 지은 병법서(兵法書)인 『육도(六韜)』와 『삼략(三略)』을 아울러 이르는 말.
446) 집일도병법(執佚刀兵法). 병기(兵器)와 군사를 부리는 법.
447) 웅재(雄才). 뛰어난 재능. 또는 그런 재능을 가진 사람.
448) 상통천문(相通天文). 천문(天文)에 대하여 막힘없이 잘 앎.
449) 하달지리(下達地理). 지리(地理)를 잘 앎.
450) 명경만리(明鏡萬里). 만 리나 되는 먼 거리를 맑은 거울을 보듯이 내다봄.
451) 풍운조화(風雲造化). 바람이나 구름의 예측하기 어려운 변화.
452) 둔갑장신(遁甲藏身). 남에게 보이지 않게 여러 가지 방법을 써서 몸을 마음대로 감추는 일.
453) 육경육갑(六經六甲). 중국 춘추 시대의 여섯 가지 경서(經書)와 육십갑자(六十甲子).
454) 오행팔괘(五行八卦). 우주 만물을 이루는 다섯 가지 원소와 중국 상고 시대에 복희씨가 지었다는 여덟 가지의 괘.
455) 심중(心中). 마음속.
456) 주성(主星). 점성술에서, 어떤 사람의 운명을 맡고 있는 별.
457) 직성(直星). 사람의 나이에 따라 그 운명을 맡고 있는 아홉 별.

셩 방우458)와 천시459)을 말숨ᄒᆞ시드라.

잇디 소주쌍이 왕승숭은 중연460)이 상쳐461)ᄒᆞ고 집안 믹길 사람이 업난 고로 조졍462)을 ᄒᆞ직463)ᄒᆞ고 고향464)이 도라와 농업을 힘씨니 가셰465)난 요부466)ᄒᆞ나, 슬ᄒᆞ이 아달이 업고 다만 여식 ᄒᆞ나을 두엇시디 일홈은 윤션 이요, 나흔 십육시라. 시셔467)는 능통ᄒᆞ고 침ᄌᆞ방적468)이 시상이 비할

디 업드라. 승숭딕이 노ᄌᆞ 중이 돌식을 두엇시디, ᄒᆞ날을 쓰고 도리을 흔들 며 당469)을 마라 주름을 습난고로 쓰지 교만ᄒᆞ고 마암이 방탕ᄒᆞ여 어룬이 게 공경ᄒᆞ미 업고 남을 업신역이며 부여 통간ᄒᆞ기와 ᄉᆞ람 치기를 조화ᄒᆞ니 ᄌᆞ연 본수470)가 알고 승숭이 나철471) 보와 모르난 치ᄒᆞ이 ᄉᆞ람마다 본수와 승숭

---

458) 방위(方位). 음양(陰陽), 오행(五行), 간지(干支), 팔괘(八卦) 따위를 배치하여 사람의 길흉화복과 결부시킨 방향.
459) 천시(天時). 때를 따라서 돌아가는 자연현상. 곧 계절, 밤과 낮, 더위와 추위 따위를 이름.
460) 중년(中年). 사람의 일생에서 중기, 곧 장년·중년의 시절을 이르는 말.
461) 상처(喪妻). 아내의 죽음을 당함.
462) 조정(朝廷). 임금이 나라의 정치를 신하들과 의논하거나 집행하는 곳.
463) 하직(下直). 서울을 떠나는 벼슬아치가 임금에게 작별을 아뢰던 일.
464) 고향.
465) 가세(家世). 집안의 계통과 문벌.
466) 요부(饒富). 살림이 넉넉함.
467) 시서(詩書). 시와 글씨를 아울러 이르는 말.
468) 침자방적(針子紡績). 바느질과 길쌈.
469) 땅.
470) 본수(本首). 고을의 수령을 이르던 말.
471) 낯을. 체면을.

을 원망흐드라. 승승이 날노 염흐여 쑤지져 왈,

"너난 무슴 지력으로 양반이 부여을 님으로472) 통간흐며 스람을 죽이난야? 그런 말니 ᄎᄎ 전인473)흐면 나라이셔 아르시고 널노 흐여금 멸죄환이 될 듯흐니 일후난 불니지사474)을 힝치 말나."

흐디 이놈은 본디 마암이 불칙흔 놈이라, 승승이 칙은475)을 듯고 도로혀476) 승승

을 힝코져477) 흐드라.

이젹이 황성478)이 스난 경시랑이라 흐난 지승이 잇스디 왕승승과 죽마고우479)라. 왕승승을 보고져 흐야 정승승이 편디 붓첫거날, 왕승니 돌싀을 다리고 황성이 올나갈싀 중노480)이 가다가 돌싀 홀연 싱각흐디,

'소졔481)가 인물이 천흐이 일싀482)이라 흐니, 승승을 죽이고 딥이 도라가 소졔와

---

472) 임의로. 일정한 기준이나 원칙 없이 하고 싶은 대로 함.
473) 전언(傳言). 말을 전함. 또는 그 말.
474) 불의지사(不義之事). 의리, 도의, 정의 따위에 어긋나는 일.
475) 책언(責言). 꾸짖거나 나무라는 말.
476) 도리어. 예상이나 기대 또는 일반적인 생각과는 반대되거나 다르게.
477) 해(害)하고자. 해치고자.
478) 황성(皇城). 황제가 있는 나라의 서울
479) 죽마고우(竹馬故友). 대나무 말을 타고 놀던 벗이라는 뜻으로, 어릴 때부터 같이 놀며 자란 벗.
480) 중로(中路). 오가는 길의 중간.
481) 소저(小姐). '아가씨'를 한문 투로 이르는 말.
482) 천하일색(天下一色). 세상에 드문 아주 뛰어난 미인.

인연을 밋고져.'

ᄒᆞ여 ᄒᆡᆼ화초[483] 운무탈[484] 반셕[485] 밋틱 승승을 엿코 딥딥이 도라와, 소졔 좌ᄒᆞ[486]이 복디 통곡ᄒᆞ니 소졔 놀ᄂᆡ 문 왈,

"승승님 병환이 게시야?"

돌쇠 엇ᄌᆞ오딕,

"승승 미시고 황셩 가옵다가, 우연 득병[487]ᄒᆞ여 중ᄒᆞ오믹 날마다 약으로 치료ᄒᆞ딕 ᄎᆞ효[488] 엽습고 금월 초ᄉᆞ일[489]이 별시ᄒᆞ시믹 망극ᄒᆞ야 즉시 연습ᄒᆞ야 상구[490]을 ᄆᆡ시

고 ᄒᆡᆼ화촌 주졈이 ᄌᆞ압든니 뜻박기 화직[491]을 만닉 승승임 신치을 소화[492]ᄒᆞ고 왓난이다."

ᄒᆞ이, 소졔 딕셩통곡ᄒᆞ다가 기졀하니 시비 난영이 구흠을 입어 기운이 딘ᄒᆞ여 망극히 이통ᄒᆞ드라. 그날밤 초경[493]이 승승이 유혈을 흘이시고 은연이 드러와 소졔이 손을 잡고 빅ᄉᆞ[494]이 눈물을 흘여 왈,

---

483) 행화촌(杏花村). 행화마을.
484) 우묵한. 가운데가 둥그스름하게 푹 패거나 들어가 있는 모양.
485) 반석(盤石). 넓고 평평한 큰 돌.
486) 좌하(座下). 받들어 모시는 자리 아래.
487) 득병(得病). 병에 걸림.
488) 차효(差效). 병이 조금씩 나아가는 정도.
489) 초삼일(初三日). 초사흗날. 매달 초하룻날부터 헤아려 셋째 되는 날.
490) 상구(喪具). 장례를 치를 때 쓰는 여러 가지 기구.
491) 화재(火災). 불이 나는 재앙. 또는 불로 인한 재난.
492) 소화(消火). 불에 태우거나 사름.
493) 초경(初更). 하룻밤을 다섯 등분한 맨 첫째의 부분. 저녁 7시에서 9시 사이.
494) 백수(白首). 허옇게 센 머리.

"너을 바리고 딥을 떠난 후이 다시 도

63쪽

라오디 못ᄒ고 돌시 손이 죽엇신니 엇지 흔심치 안이ᄒ리요. 그르나 금야 솜경이 그놈이 드러와 너을 히할 거시니 돌쇠난 너와 실부지495)라. 죽기로써 그놈이 말을 듯디 안이하면 모월496) 모야497)이 금능땅 잉무동이 사나 셜홍이 이고듸 와셔 닉이 원수을 갑파주고 너이 분함을 떨거시오. 쏘흔 너와 천정연분498)이라, 예결을 싱각디

64쪽

말고 빅연언약499)을 미지라. 그 사람은 천지무가긱500)이라 흔번 가면 다시 만닉기 어려올 거시이 부듸 닉 말을 명심불망501)ᄒ라."
ᄒ고 간듸업거날, 소졔 놀닉 씌다르니 일중춘몽502)니라. 그졔야 돌시 손이 시상이을 바리신 줄 알고 난영과 몽스을 말슘ᄒ고 분기503)을 니기디504) 못ᄒ드니, 과연 삼경이 돌시 솜천금505)을 들고 드러와 소졔다러 왈,

---

495) 살부지수(殺父之讐). 아버지를 죽인 원수.
496) 모월(某月). 아무 달.
497) 모야(暮夜). 이슥하여 어두운 밤.
498) 천정연분(天定緣分). 하늘이 정하여 준 연분.
499) 백년언약(百年言約). 젊은 남녀가 부부가 되어 평생을 같이 지낼 것을 굳게 다짐하는 아름다운 언약.
500) 천지무가객(天地無價客). 천지에 값을 매길 수 없을 만큼 귀중한 손님.
501) 명심불망(銘心不忘). 마음에 깊이 새겨 두어 오래오래 잊지 아니함.
502) 일장춘몽(一場春夢). 한바탕의 봄꿈이라는 뜻으로, 헛된 영화나 덧없는 일을 비유적으로 이르는 말.
503) 분기(憤氣). 분한 생각이나 기운.
504) 이기지. 감정이나 욕망, 흥취 따위를 억누르지.
505) 삼천검(三天劍). 무기로 쓰는 크고 긴 칼의 이름.

"소졔난

그 사니506) 안영ᄒ시잇가?"

ᄒ니 소졔 왈,

"나난 쳔지을 이별ᄒᆯ 스람이라 엇지 편타ᄒ리요. 너난 이 심야이 어이 왓난다?"

ᄒ니, 돌시 왈,

"다름이 안이라 소졔로 금야이 인연럴 밋고져 왓난이다."

ᄒ며 ᄎᆞᆺᄎᆞ 나아들거ᄂᆞᆯ, 소졔 딕칙507) 왈,

"노주가 분명ᄒᆫ대 너난 붐이508)을 모르고 강상509)이 병직510)ᄒ니 ᄒ나리 두럽지 안이ᄒ야. 너을 죽일 거시

로딕 승승이 별511)노 사랑ᄒ시든 놈이라 직을 수ᄒ거니와, 물너나가 다시 닉 눈압히 보니디 말나."

ᄒ니 돌시 칙은을 듯고 왈,

"닉 너이 가궁ᄒᆫ 신시을 싱각ᄒ여 인연을 밋고져 ᄒ엿든니, 너난 날을 쳔싱512)이라 ᄒ고 그리 말ᄒ이 황후즁상513)이 본딕 씨514)가 업스니 닉 말을

---

506) 사이. 한 때로부터 다른 때까지의 동안.
507) 대책(大責). 몹시 꾸짖음. 또는 큰 꾸지람.
508) 분의(分義). 자기의 분수에 알맞은 정당한 도리.
509) 강상(綱常). 삼강(三綱)과 오상(五常)을 아울러 이르는 말. 곧 사람이 지켜야 할 도리.
510) 범죄(犯罪). 법규를 어기고 저지른 잘못.
511) 별(別). 보통과 다르게 두드러지거나 특별한.
512) 천생(賤生). 천한 출신.

듯디 안이흐면 이 칼노 너이 목을 버히리라."
흐고 칼을 드려 소졔이 머리을

67쪽

치러 흐거날, 소졔 싱각흐디,
　'니 죽으면 붓친이 원수을 엇지 갑푸리요. 져이 마압515)을 달니여 니두516)을 보미 올타.'
흐고 거딧 우셔 왈,
　"이 미련흔 놈아, 니 거상517) 수일518)이 눕고 이디 못흔 줄 너도 알 듯흐니 도라가 츠질 쩌을 기다리라."
흐니, 돌식 그졔야 칼을 놋코 왈,
　"소졔이 말슴이 다연흐오니 슴일 초혜 후이 오리다."
흐고 나가거날 소졔

68쪽

분을 이기지 못흐야 죽고져 흐나, 셜공즈 오기만 바리든이 슴일리 디니미 돌식난 올 떠가 되고 셜홍 공즈난 안이 온이 이른 망극흔 릴이 어디 잇시리요. 츠라리 죽어 모르미 올타 흐고 수건으로 목을 미이 난영이 소졔을 붓들고 울며 왈,
　"소졔 시승을 바리시면 승승이 원수을 어이 갑푸리잇가? 소여와 함긔

---

513) 왕후장상(王侯將相). 제왕, 제후, 장수, 재상을 아울러 이르는 말.
514) 씨. 어떤 가문의 혈통이나 근원을 낮잡아 이르는 말.
515) 마음. 사람이 본래부터 지닌 성격이나 품성.
516) 내두(來頭). 지금부터 다가오게 될 앞날.
517) 거상(居喪). 상중(喪中)에 있음.
518) 수일(數日). 두서너 날. 여러 날.

가 쑹용

ᄉ 승이 츠자자가 머리을 싹싹고 잇다가 니두을 보스이다."
하이, 소지 왈,
"너이 말니 올타."
ᄒ고, 노주 셔로 이통ᄒ드니 돌시란 놈이 무인심야519)이 충금520)을 들고
드러와 소지 겻틱 안지며 왈,
"소지난 길일521)을 당ᄒ여 엇디 이릇타시 셔려 ᄒ시난잇가?"
소지 왈,
"너으게 욕셜을 드른 후로난 주야 분ᄒ거이와 너난 무슨 흥기을 먹고

도522) 왓난야."
돌시 왈,
"소지난 거야523)이 오날밤으로 빅연언약을 정ᄒ기 금셕524)갓치 언약ᄒ든
이, 니지 이릇탓 말함은 무슨 연고이야?"
소졔 딕칙 왈,
"닉 너다려 무슨 언약이 잇드야? 닉 츠딜 씌을 기다리라 ᄒ엿거이와 너난
닉 살부지수라. 불린디심525)을 먹고 강순이 범죄고저 ᄒ니 금수와 갓튼 놈

---

519) 무인심야(無人深夜). 사람이 안 다니는 깊은 밤.
520) 창검(槍劍). 창과 검을 아울러 이르는 말.
521) 길일(吉日). 운이 좋거나 상서로운 날.
522) 또.
523) 거야(去夜). 지난밤.
524) 금석(金石). 쇠붙이와 돌이라는 뜻으로, 매우 굳고 단단한 것을 비유적으로 이
    르는 말.

이라. 인혐526)이 아갑도

다."

ᄒ니 돌시 소ᄌᆞ이 칙은을 듯고 눈을 부릇 뜨고 고셩 ᄃᆡ 와,

"오날밤은 쏙디 안이ᄒᆞ리라."

ᄒᆞ고 크기 소ᄅᆡᄒᆞ드니, 소졔이 연연약질527)리 기가 막혀 말을 못ᄒᆞ다가 ᄉᆞ디져 왈,

"도마이 오른 고기가 엇디 칼을 두려홀가분야? 니놈아, 칼노 딜를냐그든 딜으고 버힐나그든528) 버히라. 니 죽은 혼이라도 너이 머리을 벼혀 붓

친이 원수을 갑푸리라."

ᄒᆞ드라.

이적이 운답도ᄉᆞ 홍을 불너 왈,

"너난 시승이 나가 천변만마529) 중리라도 염여 업실거시니, 급히 ᄉᆞ박이 나가 소주ᄯᅡᆼ 구화동 왕승숭 은히을 가푸라. 셔촉 일슌봉으로 가노라."

ᄒᆞ고 몸을 풍운530)이 ᄊᆞ이여 가거날, 홍니 아연531)ᄒᆞ야 공중을 향ᄒᆞ야 무수이 ᄉᆞ비ᄒᆞ고 ᄉᆞ박기 나오

---

525) 불의지심(不義之心). 의리, 도의, 정의 따위에 어긋나는 마음.

526) 인형(人形). 사람의 형상.

527) 연연약질(軟軟弱質). 매우 연약한 체질.

528) 베려거든. 날이 있는 연장 따위로 무엇을 끊거나 자르거나 가르려거든.

529) 천변만화(千變萬化). 끝없이 변화함.

530) 풍운(風雲). 바람과 구름을 아울러 이르는 말.

531) 아연(啞然). 너무 놀라거나 어이가 없어서 또는 기가 막혀서 입을 딱 벌리고 말을 못하는 모양.

니 심시이 슬난ᄒ고 광할ᄒ여 눈압픠 두려운거시 업드라. 이러그려532) 구화동이 이른이 날이 져물이 유숙533)ᄒ 고졀 졍치534) 못ᄒ든이 마춤 ᄒ 고졀 바릭보이 졍결535)ᄒ 딥이 잇거날, 나아가 긱실이 드려가이 주인이 업거날 몸이 곤ᄒ야 줌관 조우드이 비몽536)간이 져을다가 북슌537)이 바리든 왕승승이 드려와 가로

디

"셜홍 공ᄌ난 주인도 업는 듸 무슨 줌을 ᄌ난다. 션싱이 명을 바다 날을 ᄎᄌ와거든 닉졍538)이 드려가 닉이 ᄌ식을 살여주미 엿드ᄒ야?"
ᄒ고 간듸업거날, 홍이 놀닉 씨다르니 남가일몽이라. 그지야 왕승승이 딥인 줄 알고 안으로 바로 드려가니 등촉539)이 히황540)ᄒ고 방중541)이 요란ᄒ거날, 급피 문을 열고 드러가

니 엇드ᄒ 놈이 갈노542) 거상ᄒ 처ᄌ을 죽이고 안ᄌ거날 놀닉여 문 왈,

---

532) 이러구러. 이럭저럭 시간이 흐르는 모양.
533) 유숙(留宿). 남의 집에서 묵음.
534) 정(定)하지. 여럿 가운데 선택하거나 판단하여 결정하지.
535) 정결(淨潔). 매우 깨끗하고 깔끔함.
536) 비몽사몽(非夢似夢). 완전히 잠이 들지도 잠에서 깨어나지도 않은 어렴풋한 상태.
537) 북산도.
538) 내정(內庭). 안채에 있는 뜰.
539) 등촉(燈燭). 등불과 촛불을 아울러 이르는 말.
540) 휘황(輝煌)하여. 광채가 나서 눈부시게 번쩍임.
541) 방중(房中). 방의 안. 또는 방 안에 들어앉은 사람들.

"그딕난 뉘시관딕 이 깁흔 밤이 사람을 죽이고져 ᄒ난다?"

돌식란 놈이 보며 왈,

"나난 이 딥 쥬인으로 져 아ᄒᆡ 닉 말을 듯디 안이ᄒᆞ기로 죽기고져 ᄒ거이와, 너난 엇든 아ᄒᆡ관딕 남이 늬졍이 드러와 이럿탄 말ᄒ난다?"

ᄒ며 칼을 드러 셜홍을 치거날

76쪽

홍이 둔갑543)을 베푸러 칼러 동편 구셕 쇠금송두 우의 슘중셕544)을 도도545) 피고 인물평풍546) 두른 가온틱 두러시 안즈 소졔이 슝쳐을 여로만져 구할식, 소졔 이윽ᄒ여 졍신을 츠려 문 왈,

"공즈난 금능쌍 잉무동 사난 셜홍공즈 안이시잇가?"

홍이 왈,

"과연 그려ᄒ거니와, 소졔난 엇디 아르시난잇가?"

소졔 그지야 눈물을 흘니며 왈, 붓

77쪽

친이 몸이 유혈을 흘이시고 와게압셔, '나난 돌식 손이 죽엇신니 너난 어이 아리요. 모릴 모야이 셜홍 공즈 여긔 와셔 원수을 갑파주리라' ᄒ시기로 알거이와, 돌식난 수딥중금547)ᄒ고 흉훈 쓰졀 먹고 지슌548) 드러와 고요하

---

542) 칼로.

543) 둔갑(遁甲). 술법을 써서 자기 몸을 감추거나 다른 것으로 바꿈.

544) 삼중석(三重席). 세 겹으로 겹쳐 깔아 놓은 좌석. 극진한 예(禮)로써 대접할 때 씀.

545) 돋우어.

546) '병풍(屏風)'의 변한말. 바람을 막거나 무엇을 가리거나 또는 장식용으로 방 안에 치는 물건.

547) 수집장검(手執長劍). 손에 장검(長劍)을 잡고. 장검(長劍)은 예전에, 허리에 차

여 칼노 딜으든 말을 낫낫치 고ᄒ니 홍이 듯고 딕분 딕로ᄒ여 돌식을 쑤지져 왈,

"이놈아, 너난 승승

딕 놈으로셔 불이디심을 먹고 승승을 님으로 죽엇시며 소졔으게 강승딕 직을 범ᄒ니 네 어니 시승이 용납ᄒ리요. 닉 너을 버혀 소직이 셜치549)을 하리라."

돌식 그 아히 거쳐을 몰나든니 그지야 알고 눈을 드러 보니 쇠금용두우이 소직을 다리고 은연이 안ᄌ거날, 딕분ᄒ여 눈을 부릇 드고 고셩딕질550) 왈,

"니놈, 너난 평싱 초면551)리라, 구수디간552)은

안이라. 무신 심술노 소직을 아ᄉ 다리고 안ᄌ 남이 심즁을 승우난야? 너난 날을 당홀 듯ᄒ그든 소직을 다려가고 그러치 아니ᄒ그던 닉이 칼을 바드라."

ᄒ고 평싱 기력을 다ᄒ여 셜홍을 치거날, 홍이 조금도 요동치 안이ᄒ고 드러오난 칼을 바다 썩썩 방즁이 던디고 딕소 왈,

"이놈, 너난 미면강보유이라553), 역발ᄉ554) 초픽

던 긴 칼.
548) 재순(再巡). 두 번째로 도는 차례.
549) 설치(雪恥). 부끄러움을 씻음. 설욕(雪辱).
550) 고성대질(高聲大叱). 크고 높은 목소리로 호되게 꾸짖음.
551) 초면(初面). 처음으로 대하는 얼굴. 또는 처음 만나는 처지.
552) 구수지간(舊讐之間). 오랜 원수 사이.
553) 미면강보유아(未免襁褓乳兒)라. 포대기를 벗어나지 못한 어린아이라.

80쪽

왕555)도 오강556)을 못 건너거든, 필부557) 현경558)야 역수을 건닐손야. 쏘 무슨 지조 잇그든 다시 시험ㅎ여 보라."

ㅎ니 돌식란 놈이 싱각ㅎ리

'늬 힘은 세상이 그 우딕리559) 업 충법은 귀신도 측양치 못ㅎ든이, 니 늬 칼을 두 분허비 ㅎ엿스이 이놈은 큰놈나라. 늬힘으로 닷토미 불가ㅎ다.' ㅎ고 낭중560)으로 오식 조희561)을 늬여 오방신장562)으긔

81쪽

절영563)하딕,

"가중이 흉적이 딕발ㅎ여, 늬이 빅연인연을 탈취코져 ㅎ니 너희들이 일 시이 발병춤지564)ㅎ라. 유고565) 불춤지병566) 군볍으로 시힝할 거시니 속속

---

554) 역발산(力拔山). 힘이 산을 뽑을 만큼 매우 셈을 비유적으로 이르는 말.
555) 초패왕(楚霸王). 항우(項羽, B.C.232-B.C.202). 중국 진(秦)나라 말기의 무장. 이름은 적(籍). 우는 자(字). 숙부 항량(項梁)과 함께 군사를 일으켜 유방(劉邦) 과 협력하여 진나라를 멸망시키고 스스로 서초(西楚)의 패왕(霸王)이 되나, 그 후 유방과 패권을 다투다가 해하(垓下)에서 포위되어 자살함.
556) 오강(烏江). '우장'의 잘못. 중국 안후이 성(安徽省) 동쪽 끝, 양쯔 강(揚子江)에 접하여 있는 도시. 항우가 한(漢)나라 고조에게 패하여 스스로 목숨을 끊은 곳으로 유명함.
557) 필부(匹夫). 신분이 낮고 보잘것없는 사내.
558) 현경(懸磬). 집안이 가난하여 아무것도 없음을 비유적으로 이르는 말.
559) 위될 이. 위가 될 사람이.
560) 낭중(囊中). 주머니 속.
561) 오색(五色) 종이. 다섯 가지의 빛깔(청색, 황색, 적색, 백색, 흑색)의 종이.
562) 오방신장(五方神將). 다섯 방위를 지키는 다섯 신. 동쪽의 청제(靑帝), 서쪽의 백제(白帝), 남쪽의 적제(赤帝), 북쪽의 흑제(黑帝), 중앙의 황제(黃帝).
563) 전령(傳令). 명령이나 훈령, 고시 따위를 전하여 보냄. 또는 그 명령이나 훈령, 고시.
564) 발병참지(發兵斬之)하라. 군사를 일으켜 그를 베어라.

히 시힝ᄒ라.”

　속속히 셔 풍빅567)으게 보이드니, 호련 중천568)으로 징북569)소릭 나드니 동방 청졔570)중군은 청운갑571)이 청총마572)를 타고, 남방 젹졔573)중군은 홍운갑574)이 젹토

82쪽

말575)을 타고, 셔방 빅지576)중군은 빅운갑577)이 빅리말578)을 타고, 북방 흑졔579)중군은 흑운갑580)이 오초마581)을 타고, 중왕 황졔582)중군은 황운갑583)이 황총마584)를 타고, 또ᄒ 기치창금585)을 번듯번듯 두후며 광풍이 젼

565) 유교(有故). 특별한 사정이나 사고가 있음.
566) 불참지병(不斬之兵). 베지 않는 병사.
567) 풍백(風伯). 바람을 주관하는 신.
568) 중천(中天). 하늘의 한가운데.
569) 쟁(錚)북. 꽹과리와 북을 아울러 이르는 말.
570) 청제(靑帝). 오방신장(五方神將)의 하나. 봄을 맡고 있는 동쪽의 신.
571) 청운갑(靑雲甲). 청운 문양의 갑옷.
572) 청총마(靑驄馬). 갈기와 꼬리가 파르스름한 흰말.
573) 적제(赤帝) 오방신장(五方神將)의 하나. 여름을 맡는다는 남쪽의 신.
574) 홍운갑(紅雲甲). 홍운 문양의 갑옷.
575) 적토마(赤兎馬). 중국 삼국 시대에 관우가 탔었다는 준마의 이름.
576) 백제(白帝). 방위를 지키는 오방신장의 하나. 가을을 맡은 서쪽의 신.
577) 백운갑(白雲甲). 백운 문양의 갑옷.
578) 백리마(百里馬). 말 이름.
579) 흑제(黑帝). 오방신장의 하나. 음양오행설에서 겨울을 맡은 북쪽의 신.
580) 흑운갑(黑雲甲). 흑운 문양의 갑옷.
581) 오추마(烏騅馬). 검은 털에 흰 털이 섞인 말. 옛날 중국의 항우가 탔다는 준마의 이름.
582) 황제(皇帝). 오방신장의 하나. 중앙을 맡은 신.
583) 황운갑(黃雲甲). 황운 문양의 갑옷.
584) 황총마(黃驄馬). 말 이름.
585) 기치창검(旗幟槍劍). 예전에, 군대에서 쓰던 깃발, 창, 칼 따위를 통틀어 이르던 말.

운갓치 동셔남북 즁왕으로 조츠드러 홍을 둘너쌋고 금고흠셩은 쳔지 딘동
ᄒ고 즁층딍금은 일월을 히

83쪽

롱ᄒ드라. 홍이 조금도 요동치 안이ᄒ고 둔갑을 베푸러 일신을 감초우고
동방 진하젼586)은 셔방이 븟쳐두고 남방 이허즁587)은 북방이 븟치두고, 셩
틱승겨른588) 동방이 부처두고 북방이 감즁연589)은 남방으로 옴겨두고 육경
육갑이며 오힝 구궁590) 팔괴을 이십ᄉ방이 븟쳐두고 듀역591) 육십ᄉ괴

84쪽

즁이 축귀문592)을 고성딍독593)ᄒ니 오방신즁니 각각 방수594)을 일엇시니
제 어이 용납ᄒ리요. 홀연 광풍니 딍즉ᄒ드니 ᄉ면으로 거문 구람이 니러나
며 돌비가 우당쑥싹 숭디쇼싹 ᄒ고 오니 신병귀줄595)니 견듸디 못ᄒ여 슬
피 울고 가드라. 돌시 그 거동을 보고 엇디 두렵디 안이ᄒ리요. 목

---

586) 진하련(震下連). 팔괘(八卦)의 하나인 진괘(震卦)의 상형인 '☳'을 이르는 말.
587) 이허중(離虛中). 팔괘(八卦)의 하나인 이괘(離卦)의 상형인 '☲'을 이르는 말.
588) 태상절(兌上絶). 팔괘(八卦)의 하나인 태괘(兌卦)의 상형인 '☱'을 이르는 말.
589) 감중련(坎中連). 팔괘(八卦)의 하나인 감괘(坎卦)의 상형인 '☵'을 이르는 말.
590) 구궁(九宮). 아홉 방위의 자리. 낙서(洛書)에 응한 구성(九星)에 중궁(中宮)과
　　　팔괘(八卦)를 팔문(八門)에 배합한 것.
591) 주역(周易). 고대 중국의 철학서로, 육경(六經)의 하나. 만상(萬象)을 음양 이
　　　원으로써 설명하여 그 으뜸을 태극이라 하였고 거기서 64괘를 만들었는데, 이
　　　에 맞추어 철학·윤리·정치상의 해석을 덧붙였음.
592) 축귀문(逐鬼文). 잡귀를 쫓기 위한 주문.
593) 고성대독(高聲大讀). 크고 높은 목소리로 글을 읽음.
594) '방위(方位)'의 잘못. 음양(陰陽), 오행(五行), 간지(干支), 팔괘(八卦) 따위를 배
　　　치하여 사람의 길흉화복과 결부시킨 방향.
595) 신병귀졸(神兵鬼卒). 신이 보낸 군사와 온갖 잡스러운 귀신을 통틀어 이르는 말.

숨을 도모코져 호여 축지법⁵⁹⁶⁾으로 도망호거날, 셜홍은 광지법⁵⁹⁷⁾으로 길을 막으니 돌시 더옥 딕경호야 급피 다라나고져 하딕 감히 문밧긔 나지 못호고 방중이 돌아단이다가 싱각호딕,

  '살기만 갓디 못호다.'

호고 홍이 좌호이 복디 익걸 왈,

  "소인이 상법흔 죄 만사무셕⁵⁹⁸⁾이오나 공

  즈이 호희지틱⁵⁹⁹⁾을 나리스 이놈이 가긍흔 목숨을 술여주압소셔."

호거날, 홍이 꾸지져 왈,

  "너이 놈은 여러 가디 죄을 지여시니 살기을 엇지 바릭리오. 너을 살니고져 호나 호날이 무심호리오. 승승은 무슨 일노 죽엿시며, 시신은 어딕 미셧난야? 종셜직고⁶⁰⁰⁾ 호라."

호니, 돌시 주 왈,

  "소인이 직가 임

  니 낫타낫사오니 엇디 기망⁶⁰¹⁾호오리잇가? 승승을 믜시고 황셩이 가옵다가 힝화촌 운무탄 반셕 밋틱 셰승을 바려게시니다."

---

596) 축지법(縮地法). 도술로 지맥(地脈)을 축소하여 먼 거리를 가깝게 하는 술법.
597) 광지법(廣地法). 도술로 지맥(地脈)을 확대하여 가까운 거리를 멀게 하는 술법.
598) 만사무석(萬死無惜). 만 번 죽어도 아까울 것이 없음.
599) 하해지택(河海之澤). 큰 강이나 바다와 같은 덕택.
600) 종실직고(從實直告). 사실 그대로 고함. 이실직고(以實直告).
601) 기망(欺罔). 남을 속여 넘김.

그려그려 동방이 발거날 홍니 소제다려 왈,

"나난 돌식을 다리고가 승승이 신치을 믹시고 올거시니, 소제난 시비 난영을 다리고 몸을 조습602)ㅎ소셔."

ㅎ고 써나 여려 날만이 힝화촌이 이르니 빅사중이 반셕이

88쪽

잇스딕 중광603)이 셔바라나604) 딕거날, 돌식다려 돌걸 드러닉라 ㅎ니 돌식 돌걸 들거날 홍니 본니 승승니 만신이 유혈을 흘이시고 별셰ㅎ엿거날, 홍니 자여 비감ㅎ여 슬피 통곡ㅎ다가 즉시 염습을 갓초와 승구을 믹시고 소주쌍 본가로 나러으니라.

이젹이 소제 셜공즈을 보닉고, 붓친이 신체을 믹시고 드러오거날 소

89쪽

제 닉다라 붓친이 신치을 안고 통곡ㅎ다가 위당605)이 믹시고 염습을 글너 보니 형용 츠목흔다라. 소제 낫철 흔틱 다니고 호부606) 일셩607)이 망극히 익통ㅎ니 슌천초목도 슬허ㅎ난 닷ㅎ드라. 식로 수의608)을 갓초와 연습ㅎ고 장일609)을 가리여 북순 ㅎ이 부인과 합중ㅎ고, 홍이 평토610) 후이 제문611)

---

602) 조섭(調攝). 건강이 회복되도록 몸을 보살피고 병을 다스림.
603) 장광(長廣). 길이와 넓이를 아울러 이르는 말.
604) 서 발이나. 발은 길이의 단위. 한 발은 두 팔을 양옆으로 펴서 벌렸을 때 한쪽 손끝에서 다른 쪽 손끝까지의 길이.
605) 외당(外堂). 집의 안채와 떨어져 있는, 바깥주인이 거처하며 손님을 접대하는 곳.
606) 호부(呼父). 아버지라고 부름.
607) 일성(一聲). 한 마디의 말.
608) 수의(壽衣). 염습할 때에 송장에 입히는 옷.
609) 장일(葬日). 장사를 지내는 날.
610) 평토(平土). 관을 묻은 뒤에 흙을 쳐서 평지같이 평평하게 메움.
611) 제문(祭文). 죽은 사람에 대하여 애도의 뜻을 나타낸 글. 흔히 제물을 올리고

지여 제스할시

　'모연 모월 모일

90쪽

이 금능쌍 잉무동이 셜홍은 감소고우[612] 셜영지ᄒ[613]이 고ᄒ난이다. 소
즈 팔즈 기박ᄒ와 천지을 이별ᄒ고 딤식[614]이 허물을 닙어 일신이 가긍ᄒ
든니, 승승이 너부신 덕으로 북순도이 도라와 허물을 벼신 후이 다시 니
형[615]을 씨고 엿츠니 단니기난 다 승승이 덕니오니 죽스와도 엇디 잇스오
리잇가. 마츰 승승딕이 니르러 ᄌ압든

91쪽

니 쑴이 승승ᄒ신 말슴을 듯고 닉졍이 드러가 보니 돌식난 엿츳엿츠ᄒ고
소제난 이러이러ᄒ와 소제을 구ᄒ고 승승이 신치을 ᄎᄌ 안중[616]ᄒ압고,
돌식난 묘ᄒ이셔 죽이고 일빅[617] 쳥죽[618]으로 드리오니 유명[619]이 현수[620]
ᄒ오나 존영[621]은 영힝ᄒ옵소셔.'
ᄒ고 실피 통곡ᄒ다가 돌식을 죽이고 딥이 도라와 수일 머문 후이 쩌나랴
ᄒ니, 소제 난영을 불너 셜공ᄌ을

　축문처럼 읽음.
612) 감소고우(敢昭告于). 삼가 밝게 고한다는 뜻.
613) 선영지하(先塋之下). 조상의 무덤 아래.
614) 짐승.
615) 인형(人形).
616) 안장(安葬). 편안하게 장사 지냄.
617) 일배(一杯). 한 잔.
618) 청작(淸酌). 제사 지낼 때 축문에서 '술'을 이르는 말.
619) 유명(幽明). 저승과 이승을 아울러 이르는 말.
620) 현수(懸殊). 현격하게 다름. 거리가 멀어서 동떨어져 있음.
621) 존영(尊影). 남의 사진이나 화상 따위를 높여 이르는 말.

쳥흐여 왈

"공주 써나라 흐신이, 소여이 쳔신622)을 엇디 흐라 흐신잇가?"

홍이 왈,

"천우신조623)흐와 소졔이 급흠을 구흐엿스오나 일신이야 늬 엇디 흐리 잇가?"

소져 왈,

"이 말이 여주이 할 말니 아이오나 붓친이 현몽624)흐시딕 '셜공주난 너와 쳔졍비필625)리라. 결을 싱각지 말고 빅연기약을 일치 말나' 흐실 분더러, 소여이 가

긍흔 목숨을 슬니고 돌시을 둑여 붓친이 원수을 가파주시니 그 은혜을 무어스로 갑푸리요. 어린 소견이 싱각건딕 소여이 쳔신을 슬흐이 부쳐 빅골난망지은626)을 만분지일627)이나 갑고져 흐나니다."

흐니 홍이 왈,

"조고만흔 일을 큰 은혜라 흐시니 도로혀 무안흐도다. 천싱은 승승이 흐날갓탄 은혜을 입스와 탈갑흔 우이 다시 인형을 가지고

---

622) 쳔신(賤臣). 천한 몸이라는 뜻으로, 자기를 겸손하게 이르는 말.
623) 천우신조(天佑神助). 하늘이 돕고 신령이 도움. 또는 그런 일.
624) 현몽(現夢). 죽은 사람이나 신령이 꿈에 나타남.
625) 쳔졍배필(天定配匹). 하늘에서 미리 정하여 준 배필이라는 뜻으로, 나무랄 데 없이 신통히 꼭 알맞은 한 쌍의 부부를 이르는 말.
626) 백골난망지은(白骨難忘之恩). 죽어서 백골이 되어도 잊을 수 없는 은혜.
627) 만분지일(萬分之一). 만으로 나눈 것의 하나라는 뜻으로, 아주 적은 경우를 이르는 말.

엿츠니 힝보(628)ᄒ오니 그 은히난 엇듯타 ᄒ리요. 천성을 어기디 안니ᄒ면 편ᄒ근와 소제이 일신니 규중이 잇스오니 천싱이 물너가 삼연승 디닌 후이 도라오리다. 소제난 시비 난영을 다리고 일신을 안보소셔(629)."

ᄒ니, 소지 탄식 왈,

"공주이 말니 다연ᄒ오나 세승수를 아디 못ᄒ오니, 무슴 표젹(630)을 주고 가소셔."

ᄒ니, 홍니 올히 역여 치엿든 붓치이

천정인연(631) 써서 주이 소지 바다 간수ᄒ고 옥디환(632) ᄒ 쌍을 주며 왈,

"이거시 첩이 손 싯틴 늘든 거시요, 평싱 ᄉ랑ᄒ든 비오니 군ᄌ난 일노 신(633)을 숨우소셔."

ᄒ거날 홍니 바다 낭중이 엿코 훌훌 니별ᄒ고 써나니, 광디ᄒ 천지이 어디로 가리요. 정처업시 가드라.

잇디 딘숙인은 홍을 박디(634)ᄒ 지로 수족을 쓰디 못ᄒ고 목이 부어 말을 못ᄒ니, 그른 고로 가산(635)니 탕

---

628) 행보(行步). 걸음을 걸음. 또는 그 걸음.
629) 안보(安保)하소서. 편안히 보전하소서.
630) 표적(表迹). 겉으로 드러난 자취.
631) 천정인연(天定因緣). 하늘이 정한 인연.
632) 옥지환(玉指環). 옥으로 만든 가락지.
633) 신(信). 신물(信物). 뒷날에 보고 증거가 되게 하기 위하여 서로 주고받는 물건.
634) 박대(薄待). 인정 없이 모질게 대함.
635) 가산(家産). 한 집안의 재산.

픿636)ᄒ여 노복이 허슌637)ᄒ니 죽디을 답고638) 단이면 빌어먹으니, 사람마다 말ᄒᄃ

"져 사람은 셜홍을 박디ᄒᆫ 지로 져럿타."

ᄒ며 밥을 주어도 반양639)도 ᄎ지 못ᄒᄃ라.

이젹이 돌ᄉᆡ 동ᄉᆡᆼ 돌ᄲ우리라 ᄒ난 놈은 틱슌을 엽히 ᄭᅵ고 ᄒ슈을 능히 건너 ᄶᅱ난고로 큰 고디 ᄯᅳᆺ졀 두고 승승딕을 바리고 용안슌이 가셔 나안션ᄉᆡᆼ과 술볍을 비호ᄃ니 돌ᄉᆡ

죽은 소식을 듯고 지형이 원수을 갑고져 ᄒ여 션ᄉᆡᆼ을 ᄒᄃᆨ640)ᄒ고 소주쌍구화동으로 가ᄃ라.

잇디 소제 난영으로 더부러 ᄌᄃ니 꿈이 승승이 드러와 가로ᄃᆡ,

"너난 엇디 닉이 근심ᄃᆡ게 ᄒ나야? 돌ᄲ우리 디형이 원수을 갑고져 ᄒ여 밧기 왓시니, 난영을 다리고 급히 수심이641)을 가면 자연 구할 사람이 닛시리라."

ᄒ고 간디업거날 놀닉 ᄵᅵ

다르니 일중춘몽이라. 난영다려 몽ᄉᆞ을 말삼ᄒᄃ니 과연 문밧기 인젹이 잇

---

636) 탕패(蕩敗). 재물 따위를 다 써서 없앰.
637) 해산(解散). 모였던 사람이 흩어짐. 또는 흩어지게 함.
638) 짚고. 바닥이나 벽, 지팡이 따위에 몸을 의지함.
639) 반량(半量). 절반의 분량.
640) 하직(下直). 먼 길을 떠날 때 웃어른께 작별을 고하는 것.
641) 수십 리(數十里). 십의 두서너 배가 되는 거리.

거날, 놀뉘여 급피 문을 열고 부친이 빈소이 드러가 혼빅[642]을 미시고 그날 밤이 도망화리라. 돌쌕리 충금을 들고 뉘정이 드러가니 등촉은 휘황호고 원낭금침[643]은 반중을 더퍼 잇고 스람은 업난지라, 도망혼 줄 알고 동뉘스람다려 무르되 호나도 아

99쪽

난 이 업난디라. 분을 이기디 못호야 가스을 소화호고 할일업셔 용안순으로 가드라.

이적이 소제 침침칠야[644] 난영을 다리고 북슨이 이르러, 붓친이 혼빅과 션영 가묘[645]을 츠리로 미혼[646]호고 묘호이셔 망극히 이통호다가 좀관 조우드니, 비몽간이 붓친이 와 소지을 어로만디면 왈,

"너이 도망이 도시 청수[647]라. 이 고되 잇디 말고 급피 써나 셔편

100쪽

으로 가면 즈연 구할 스람이 잇스리라."

호고 간되업거날, 놀뇌 씨다르니 남가일몽이라. 부명[648]을 거역지 못호야 묘호이 흐직호고 셔편 길노 가니 과연 혼 노승이 반셕 상이 안즈 조우거날, 소지 반겨 노승다려 문 왈,

---

642) 혼백(魂帛). 신주(神主)를 만들기 전에 임시로 명주나 모시를 접어서 만든 신위 (神位). 초상에만 쓰고 장사 뒤에는 신주를 씀.
643) 원앙금침(鴛鴦衾枕). 원앙을 수놓은 이불과 베개.
644) 침침칠야(沈沈漆夜). 아주 가까운 거리도 분간할 수 없을 정도로 아주 어두운 밤.
645) 가묘(家廟). 한 집안의 사당(祠堂).
646) 매혼(埋魂). 혼백(魂帛)을 무덤 앞에 묻는 일. 장지(葬地)에 모셔 갔던 신주를 하관 후 평토제를 지내고 나서 무덤 앞에 묻음.
647) 천수(天壽).
648) 부명(父命). 아버지의 명령.

"존스난 어나 졀이 긔시난잇가?"

딕스[649] 왈,

"소승은 연소암이 잇습거니와 소직난 뉘딥 소지오며, 무슴 일노 오시난 잇가?"

소직 왈,

"소여난

101쪽

소주짱 구화동 왕승상이 여식이압드니, 팔즈 기박ᄒ와 조실부모ᄒ고 의 탁이 무쳐하와 중이나 딕고져 ᄒ여 졀을 ᄎᄌ가든니 천희으로 존스을 만낫 스오니 슬ᄒ이 두기을 바릭난이다."

ᄒ니, 노승니 왈,

"불승흔 말니로소니다. 소승은 본딕 가난ᄒ기로 승제[650]을 권치 못ᄒ엿 드니, 소직이 쓰디 그러ᄒ그든 소승과 가스이다."

ᄒ고 다리고 기이

102쪽

흔 손으로 빅운슨이 연소암이 은은이 보니거날 스문이 다다르니 여려 승이 합중비릭 후이 문 왈,

"저 소직난 뉘시닛가?"

노승 왈,

"그 소직난 소주짱 구화동 왕승숭딕 소지로셔 부모을 이별ᄒ고 중이나 되고져 ᄒ여 소승을 짜라왓난이다."

---

649) 대사(大師). '중'을 높여 이르는 말.
650) 상제(上祭). 부처나 보살에게 바치는 제물을 제단 위에 올려놓고 불공을 하는 일.

호고 드러가 모욕 씻여 머리을 싹싹 승명[651]을 워린니라 호고 노승이 승제[652]숨고, 난영이 머리을 싹까 승명을 도향이라

103쪽

호야 워린이 승제도야 가사[653]을 미고 조석[654]으로 염불[655]호디,
　'설공주을 만너기 호소서.'
축원호드라. 그 노승은 심시랑[656]이 여식으로 일즉 승부[657]호고 중이 도얏시디 셩명을 용암니라 호드라.
　이적이 설홍은 영웅 중스을 추즈 단이다가 용안순이 이르니, 혼 소연이 청천[658] 기러기 울고 가난 소리을 듯고 충금을 들고 은연이 몸을 소소와 얼는얼는 호든니, 머리이 난

104쪽

기려기 나려지난디 스람은 업난디라. 마춤 혼 고절 바리보니 청암절벽 승이셔 용금[659]호디 칼노 몸을 가리오고 변기갓치 노다가 암승이 올나 천기을 보난 듯호거날, 홍니 마암이 두러오나 근본을 알고져 호야 나아가 그 스람다려 문 왈,
　"그디난 뉘시관디, 심순궁곡[660]이 이릇타시 노르시난잇가?"

___
651) 승명(僧名). 중이 되는 사람에게 종문(宗門)에서 지어 주는 이름.
652) 상좌(上佐). 불도를 닦는 사람.
653) 가사(袈裟). 중이 장삼 위에, 왼쪽 어깨에서 오른쪽 겨드랑이 밑으로 걸쳐 입는 법의(法衣).
654) 조석(朝夕). 아침과 저녁을 아울러 이르는 말.
655) 염불(念佛). 부처의 모습과 공덕을 생각하면서 아미타불을 부르는 일.
656) 시랑(侍郎). 옛 중국의 벼슬 이름.
657) 상부(喪夫). 남편의 죽음을 당함.
658) 청천(靑天). 푸른 하늘.
659) 용검(用劍). 칼을 씀.

그 소연이 답 왈,

"닉이 일홈은 돌썩리라. 이곳디 션싱을

믹시고 술볍을 빅우거니와 수ᄌ660)난 뉘라 ᄒ시난잇가?"

홍이 왈,

"닉이 일홈은 셜홍이라 ᄒ거니와 그딕이 용력662)은 시승이 그 우딕 리 업실가 ᄒ난이다."

ᄒ니, 돌썩리 왈,

"그딕난 셜홍니라 ᄒ시니, 소주쌍 구화동 왕승승이 돌시라 ᄒ난 놈이 불측심으로 승승을 죽기고 소지을 취코져 ᄒ기로 그 ᄉ람을 죽이신 수ᄌ신 잇가?"

홍이 왈,

"그러ᄒ여디다."

ᄒ니 돌

썩리 그 말 듯고 딕로 왈,

"그 ᄉ람은 닉이 형니라. 원수을 갑고져 ᄒ여든니 오날날 이리 만닉면 ᄒ나리 닉이 원수을 갑게 ᄒ미라."

ᄒ고 두 발노 가슴을 ᄎ거날, 홍니 ᄌ리을 옴겨 안딘니 돌썩리 저이 기운니 조타며 절벽ᄒ이 써러디다가 몸을 소소와 겻히 섯거날, 홍니 ᄭ디저 왈,

---

660) 심산궁곡(深山窮谷). 깊은 산속의 험한 골짜기.
661) 수자(竪子). 아이, 동자. 남을 업신여겨서 어린아이 취급 할 때 부르는 말.
662) 용력(勇力). 씩씩한 힘. 또는 뛰어난 역량.

"이놈 네 형을 무지히 죽엿시면 일어ᄒ거이와 노주간 분의을 모르고 강슌되지의 범ᄒ흔

놈을 죽엿시니 너난 ᄒ면목[663]으로 날을 희ᄒ랴 ᄒ나야?"
ᄒ니, 돌쌕리 분노 왈,
"늬 형이 죽을 지의 범ᄒ엿기로, 인면이 지천ᄒ그든 네 님으로 죽이난야? 살인지 ᄉ[664]라ᄒ니 네 목을 느려 늬 칼을 바드라."
ᄒ거날, 홍이 칼을 피ᄒ여 몸을 감초우니 돌쌕리 칼니 바희[665] 므즉 층나리[666] 산산이 쌕디거날, 홍니 쏘 쑤디더 왈,
"니놈, 너난 ᄒ로강아지가 밍호을 모르고

지음로다. 나난 비록 쓸씨마[667]을 드지 못ᄒ고 손이 충금은 업시나 너난 두럽지 안니ᄒ다."
ᄒ니 돌쌕리 홍을 일코 두로 찻다가 칙은을 듯고 바리보거날, 홍니 칼을 마조줍고 셔로 쓰오 이난 양호공투지슝[668]니라. 지 아모리 용금을 줄흔들 홍니 칼을 마조 줍아신이 무슴 범화잇스리요. 홍니 쏘 몸을 피ᄒ여 보니 그놈니 홍을 일코 셕목[669]간이 보니난 디

---

663) 하면목(何面目). 무슨 면목, 곧 볼 낯이 없다는 뜻.
664) 사(死). 죽음.
665) 바위. 부피가 매우 큰 돌.
666) 창(槍)날이. 창의 뾰족하고 날카로운 날.
667) 쌀가마. 쌀을 담은 가마니.
668) 양호공투지상(兩虎共投之狀). 두 마리 호랑이가 서로 싸우는 모습으로, 힘이 센 두 편이 맞붙어 다툼을 비유적으로 이르는 말.
669) 석목(石木). 돌과 나무를 아울러 이르는 말.

로 치며 바위이 몸을 붓처 얼는얼는 물이 지비글 듯, 운순 밍호놀 듯 장판교[670]이 즈룡[671]니 이난 쳔흐이 명중[672]리라. 홍니 돌쎅리 등이 셔셔 가로듸,

"너이 용역금술[673]과 쳥춘인면[674]을 앗겨 슬니고 시푸나, 너이 마암이 불측흐기로 죽니나 네 나을 원망치 말고 황쳔지부[675]이 무스이 도라가라."

흐고, 옷고롬이 중도[676]로 아히 머리을 수박쏙지 도리듯흐

여 암흐[677]이 던디고 축귀문을 고셩듸독흐니 돌쎅리 죽은 등신아 몸을 소소와 무수니 작난흐드라.

잇듸 나안션싱니 촌당이 안즈 양인이 승부을 구경흐다가 돌쎅리 죽음을 보고 탄식 왈,

"늬 어니 저 아희을 살여 보늬리요."

흐고, 영순을 힝흐여 신출경을 외오던니 유흐여 방포[678]소릭 억만 듸병[679]니 층금을 들고 늬다라 오힝진[680]을 치고

---

670) 장판교(長坂橋). 형주에서 유비가 조조군에 쫓겨 형세가 급박해졌을 때, 장비가 홀로 조조 군을 퇴각시킨 곳.

671) 자룡(子龍). 「삼국지」에 나오는 장수의 이름. 조운(趙雲, ?-229). 중국 삼국시대 촉한의 무장. 자는 자룡(子龍) 유비가 장판교에서 조조에게 패해 남쪽으로 도주할 때, 단신으로 적군 한가운데로 들어가 미처 도망가지 못한 유비의 부인과 아들을 구출했음.

672) 명장(名將). 이름난 장수.

673) 용력검술(勇力劍術). 뛰어난 역량과 검을 가지고 싸우는 기술.

674) 청춘인명(靑春人命). 젊은 나이와 목숨.

675) 황천지부(黃泉地府). 저승.

676) 장도(長刀). 긴 칼.

677) 암하(巖罅). 바위틈.

678) 放砲(방포). 군중(軍中)의 호령으로 포나 총을 쏘는 일.

679) 억만 대병(億萬大兵). 셀 수 없을 만큼 많은 병사.

나안션싱은 이중[681]이 도야 호령이 추상[682]갓고 금고합성은 천지 딘동ᄒ며
홍을 쳡쳡 둘너쏫고 호통 왈,

　"네 날며 기며 다라날가 시푼야? 꿈젹말고 닉 칼을 바드라."

ᄒ거날, 홍니 놀닉여 즉시 돌그로 닉이[683] 싱ᄉ문[684]을 닉여 ᄌ오묘유방[685]
은 싱문을 닉고 건곤간송방은 ᄉ문을 닉고 쳥용[686] 쥬죽[687] 빅호[688]은 헌
무[689]을 거러두고 각항졔방신미기[690]을 인묘즁[691]이 수셩즁

---

680) 오행진(五行陣). 지형에 따라 펼칠 수 있게 된 방진(方陣), 원진(圓陣), 곡진(曲
　　陣), 직진(直陣), 예진(銳陣)의 다섯 가지 진법.
681) 대장(大將). 한 무리의 우두머리.
682) 추상(秋霜)같고. 가을의 찬 서리같이 매섭고 서슬이 푸름.
683) 내외(內外). 안과 밖을 아울러 이르는 말.
684) 생사문(生死門). 생문(生門)과 사문(死門)을 아울러 이르는 말. 생문(生門)은
　　팔문(八門)의 하나. 구궁(九宮)의 팔백(八白)이 본자리가 되는 길(吉)한 문이
　　고, 사문(死門)은 점술에서 다루는 팔문(八門)의 하나. 구궁(九宮)의 서남쪽에
　　있는 토성이 본자리가 되는 흉(凶)한 문(門)임.
685) 자오묘유방(子午卯酉方). 자오묘유(子午卯酉)는 사정방(四正方)임. 북방에 자(子)
　　를, 남방에 오(午)를 붙이고, 동방은 묘방(卯方), 서방은 유방(酉方)이라고 함.
686) 청룡(靑龍). 사신(四神)의 하나. 동쪽 방위를 지키는 신령을 상징하는 짐승.
　　용으로 형상화함.
687) 주작(朱雀). 사신(四神)의 하나. 남쪽 방위를 지키는 신령을 상징하는 짐승.
　　붉은 봉황으로 형상화함.
688) 백호(白虎). 사신(四神)의 하나. 서쪽 방위를 지키는 신령을 상징하는 짐승.
　　범으로 형상화함.
689) 현무(玄武). 사신(四神)의 하나. 북쪽 방위를 지키는 신령을 상징하는 짐승.
　　거북과 뱀이 뭉친 모습으로 형상화함.
690) 각항저방심미기(角亢氐房心尾箕). 동쪽 청룡의 7개의 별로, 절기로는 봄이며
　　오행상으로는 목(木)의 기운이며, 방위로는 동쪽을 나타냄.
691) 인묘진방(寅卯辰方). 동쪽의 방위.

을 삼아 동문을 직히기 ᄒ고 두우여허위실벽(692)은 스오미방(693)이 수성중을
숨아 남문을 지히게 ᄒ고 젼구유셩즁익디(694)은 ᄒᆡᄌ츅방(695)이 수셩즁얼 숨
아 북문을 딕히기 ᄒ고 잡귀즙시(696)이 범치 못ᄒ게 ᄒ여 ᄒ도(697)낙셔(698)을
거러두고 쳔디 일월셩신(699)을 차례업시 써서 풍빅으게 부처 나안이 진즁이
쩐딘이 오방이셔 흑운이 이러나며

쳥쳔홍일(700)을 가리오고 디쳑을 분별치 못ᄒ야 쳥홍빅흑 기바리 번듯ᄒ든
니 딕풍이 이러나며 졀목발옥(701)ᄒ여 워낭딘(702)을 치니 억만 딕병이 일시
이 간딕업고 별건 숙딕만 쌔졋거날, 나안이 딕경ᄒ여 운무즁이 쓰여 다라나
거날 이십팔수(703) 신즁니 니달나 나안을 줍아 압셔우고 승젼고(704)을 울니

---

692) 두우여허위실벽(斗牛女虛危室壁). 북방 현무의 7개 별로, 계절은 겨울을 나타
   내고 오행상으로는 수(水)이며, 방위로는 북쪽을 나타냄.
693) 사오미방(巳午未方). 남쪽의 삼살방(三煞方). 삼살방은 세살(歲煞), 겁살(劫煞),
   재살(災煞)이 긴 불길한 방위.
694) 정귀유성장익진(井鬼柳星張翼軫). 남쪽 주작의 7개 별.
695) 해자축방(亥子丑方). 북쪽의 삼살방(三煞方).
696) 잡귀잡신(雜鬼雜神). 잡스러운 모든 귀신과 잡다한 신.
697) 하도(河圖). 중국 복희씨(伏羲氏) 때에, 황허(黃河) 강에서 용마(龍馬)가 지고
   나왔다는 쉰다섯 점으로 된 그림. 동서남북 중앙으로 일정한 수로 나뉘어 배열
   되어 있으며, 낙서(洛書)와 함께 주역(周易)의 기본 이치가 되
698) 낙서(洛書). 중국 하나라의 우왕(禹王)이 홍수를 다스릴 때에, 뤄수이(洛水) 강
   에서 나온 거북의 등에 씌어 있었다는 마흔다섯 개의 점으로 된 아홉 개의
   무늬. 팔괘와 홍범구주가 여기에서 비롯한 것이라고 함.
699) 일월성신(日月星辰). 해와 달과 별을 통틀어 이르는 말.
700) 청천홍일(青天紅日). 푸른 하늘과 붉은 빛을 띤 해.
701) 절목발옥(折木拔玉). 나무를 꺾거나 부러뜨리고 집을 휘둘러서 송두리째 뽑음.
702) 원앙진(鴛鴦陣). 원앙처럼 두 사람씩 짝을 이룬 진.
703) 이십팔수(二十八宿). 천구(天球)를 황도(黃道)에 따라 스물여덟으로 등분한 구

며 홍이 좌흉이 바치거날 홍니 되칙 왈,

"늬 그되로 더부러 결원⁷⁰⁵⁾흔 닐 업거든 무슴 연고로 나를 힉흐리 흐난야?"

나안니 주 왈,

"늬 엇디 공즈로 더부러 무슴 쓰디 잇스리요마난, 돌쌕리을 죽이믹 사제디강⁷⁰⁶⁾이 졍을 바리디 못흐야 이리딘 일이라 죄사무셕⁷⁰⁷⁾이로소니다."

흐니, 홍니 왈,

"그되을 죽일거시나 션싱니라 유명흐고 날갓탄 아히 손이 죽으면 엇디 원귀⁷⁰⁸⁾되지 안니흐리요. 션싱

이 소즈을 싱각흐여 방송흐거니와 일후난 직조을 밋고 남을 경이히 여기지 말나."

흐니, 나안이 스라가밀 빅비 치스흐고 용학산을 떠나 셔학으로 가드라. 홍니 퇴치흐고 산 박기 나오니라.

니적이 쳔즈 조졍이 임직⁷⁰⁹⁾ 업슴을 탄식흐시다가, 각도 관즈⁷¹⁰⁾을 나리

획. 또는 그 구획의 별자리. 동쪽에는 각(角)·항(亢)·저(氐)·방(房)·심(心)·미(尾)·기(箕), 북쪽에는 두(斗)·우(牛)·여(女)·허(虛)·위(危)·실(室)·벽(壁), 서쪽에는 규(奎)·누(婁)·위(胃)·묘(昴)·필(畢)·자(觜)·삼(參), 남쪽에는 정(井)·귀(鬼)·유(柳)·성(星)·장(張)·익(翼)·진(軫)이 있음.

704) 승전고(勝戰鼓). 싸움에 이겼을 때 울리는 북.

705) 결원(結怨). 서로 원수가 되거나 원한을 품음.

706) 사제지간(師弟之間). 스승과 자제 사이.

707) 죄사무석(罪死無惜). 죄가 무거워서 죽어도 안타깝지 아니함.

708) 원귀(冤鬼). 원통하게 죽어 한을 품고 있는 귀신.

709) 인재(人材). 학식이나 능력이 뛰어난 사람.

710) 관자(關子). 조선 시대에, 동등한 관부 상호 간 또는 상급 관부에서 하급 관부

ㅅ 과거을 보일ᄉᆡ 각도 각읍 션ᄇᆡ 구름 모니 듯ᄒᆞ드라. 홍은 일푼젼711)도
업셔 남이

ᄎᆡᆨ보712)을 지고 남이 먹든 밥을 먹고 황셩이 올나가 과일713)을 당ᄒᆞ여 즁
주714)이 드러가니 글제을 거럿시ᄃᆡ '히분양즈 슘연너라' ᄒᆞ엿거날 시지715)
을 필쳐노코 일필ᄒᆡ지716) ᄒᆞ니 무불가쳑717)니라. 일쳔718)이 션즁719)ᄒᆞ니
쳔ᄌᆞ 홍이 글을 보시고 층층 왈,
   "이 글은 츙효 겸젼720) ᄒᆞ엿도다."
ᄒᆞ시고, 등을 놉히 미고 피봉721)을 기탁722)ᄒᆞ시니
   '금능쌍 잉

   무동이 ᄉᆞ난 셜홍니요, 부이난 히문이라.'
ᄒᆞ여거날, 실ᄂᆡ723)을 부을ᄉᆡ ᄒᆞ니 졀ᄂᆡ이 드러가 쳐ᄌᆞ기 복지ᄒᆞ니 ᄉᆞᆼ니 셜

      로 보내던 공문서.
711) 일푼전(一分錢). 한 푼의 돈이라는 뜻으로, 극히 적은 액수의 돈을 이르는 말.
712) 책보(冊褓). 책을 싸는 보자기.
713) 과일(科日). 과거를 보는 날.
714) 장중(場中). 어떠한 곳이나 일정한 구역의 안.
715) 시지(試紙). 과거 시험에 쓰던 종이.
716) 일필휘지(一筆揮之). 글씨를 단숨에 죽 내리 씀.
717) 무불가척(無不可척
718) 일천(一天). 과거를 보거나 여럿이 모여 한시(漢詩) 따위를 지을 때에, 첫째로
      글을 지어 바치던 일. 또는 그 글.
719) 선장(先場). 과거를 볼 때, 문과 과거장에서 가장 먼저 글장을 바치던 일.
720) 겸전(兼全). 여러 가지를 완전하게 갖춤.
721) 피봉(皮封). 봉투의 겉면.
722) 개탁(開坼). 봉한 편지나 서류 따위를 뜯어봄.

쳐스이 말숨을 ㅎ시면 못너 스랑ㅎ여 할님흘스724)을 디수ㅎ시니, 홍니 스은숙비725) ㅎ고 물너나올식 머리이 어사화726)요 몸이난 쳥슴727)관디728)이 빅옥씌를 씌고 금안준마729)이 두러시 안ㅈ 쟝안디도 승이 나오니

118쪽

풍유소릭난 중안니 딘동ㅎ고 화동은 좌우이 나열ㅎ여 츔추난 거동은 봄나위730) 쏫쳘 보고 넘노난 닷ㅎ드라. 설학스 이러한 거동을 당ㅎ딕 차즈 비올 고지 업셔 일히일비 ㅎ다가 할님원731)이 머물며 국스을 살피드라.

  이젹이 기쥬쌍이 흉연이 츠목ㅎ여 도젹이 쳐쳐이 이려나미, 빅셩드리 스디스방732)ㅎ여 유

119쪽

류733)혀 죽안 직 무수ㅎ고로, 승니 근심ㅎ시다가 설홍으로 기쥬도 어스734)

---

723) 신래(新來). 과거에 급제한 사람.
724) 한림학사(翰林學士). 중국 당나라 때에, 한림원에 속하여 조직의 기초를 맡아보던 벼슬.
725) 사은숙배(謝恩肅拜). 예전에, 임금의 은혜에 감사하며 공손하고 경건하게 절을 올리던 일.
726) 어사화(御賜花). 조선 시대에, 문무과에 급제한 사람에게 임금이 하사하던 종이꽃.
727) 청삼(靑衫). 조복(朝服) 안에 받쳐 입던 옷. 남색 바탕에 검은 빛깔로 가를 꾸미고 큰 소매를 달았음.
728) 관대(冠帶). 옛날 벼슬아치들의 공복(公服).
729) 금안준마(金鞍駿馬). 비단 안장에 훌륭한 말.
730) 범나비. 호랑나비.
731) 한림원(翰林院). 중국 당나라 중기 이후에 주로 조서(詔書)를 기초하는 일을 맡아보던 관아.
732) 산지사방(散之四方). 사방으로 흩어짐. 또는 흩어져 있는 각 방향.
733) 유리(流離). 이곳저곳으로 떠돌아다님.
734) 어사(御史). 왕명으로 특별한 사명을 띠고 지방에 파견되던 임시 벼슬.

을 제수흐시니 셜어스 사은숙빅흐고 기주이 나려오니 각읍 주려 죽은 빅셩을 명셩셩척735)흐니 천여 멍이요, 사라잇난 빅셩은 주림을 건듸디 못흐야 인승식736)을 흐미 길이 횡인니 님으로 출닙지 못흐난고로 창곡737)을 닉여 기민738)을 머기고 치졍739) 못흐난 주난 파직740)흐고 션지741)흐

난 주난 이덕흐니 동닉 빅셩드리 어스이 만셰불망비742)을 셔우고 은혜을 말슴흐드라. 어스 중자관이 이을니 빅셩드리 말흐듸

"덕쳔군 도리봉이서 곽셤이라 흐난 즁수가 수만 군병을 거나리고 수닐 간 발힝흔다 하이 늘근 부모와 어린 주식을 다리고 어듸가 피란흐리요."

흐며 탄식흐거날, 어스 그 말을 듯고 그

고졀 드러가니 과연 곽셤니라 흐난 놈니 수만 군병을 거나리고 직조을 익히 거날, 어 둔갑을 비푸러 음풍으로 드러가니 곽셤이 쌍봉투고743)을 쓰고 안 주 병서을 보거날, 여주744) 구디져 왈,

"곽셤아, 드르라, 너이 딥이 손이 왓시듸 졉긱745)도 안니흐고 무슴 칙을

---

735) 명셩셩책(明姓成冊). 성명을 밝혀서 명부를 작성함.
736) 인상식(人相食). 흉년에 너무 배가 고파 사람끼리 서로 잡아먹음.
737) 창곡(倉穀). 창고에 쌓아 둔 곡식.
738) 기민(飢民). 굶주린 백성.
739) 치정(治定). 잘 다스려 안정시킴.
740) 파직(罷職). 관직에서 물러나게 함.
741) 션치(善治). 백성을 잘 다스림.
742) 만세불망비(萬歲不忘碑). 영원히 은덕을 잊지 아니한다는 뜻으로 세운 비석.
743) 쌍봉(雙鳳)투구. 봉황 한 쌍을 조각한 투구.
744) 어사.
745) 접객(接客). 손님을 접대함.

보난야?"

곽셤이 바릭보니 흔 소연이 화무탄 도목746)이 오싴 금

122쪽

관을 쓰고 안즈거날, 곽셤니 꾸디저 왈,

"너난 스람이야, 귀신인야? 스람은 닉이 염업시나 진중이 드러올 지 업시니 너난 분명흔 요귀로다. 뒤즁부 좌전747)이 무슴 말ᄒ난야?"
ᄒ며 충금으로 치거날, 어사 칼을 피ᄒ여 물너안즈 꾸디져 왈,

"저러흔 거셜 즁수라 ᄒ리요. 지조와 용역은 쳔인이 디닉고, 안즈 철이 박기 일

123쪽

을 알고야 즁수가 되옴ᄒ거니와 너난 압힉 안딘 날을 모로고 요귀라 ᄒ니, 그러ᄒ고야 엇디 전증이 목 엽난 귀신이 되디 안니ᄒ리요?"

곽셤이 왈,

"일졍 스람니라 ᄒ니, 셩명은 뉘라 ᄒ며 날을 엇디 추즈왓난야?"
ᄒ거날, 엇슨 왈,

"즁영봉이 운담도사이 졔즈 셜홍니거니와, 너난 쳔

124쪽

천위748)을 모로고 벽남749)흔 쓰절 두어 시졀을 요란ᄒ게 ᄒ민, 닉가 권명

---

746) 도목(倒木). 쓰러진 나무.
747) 좌전(座前). 받들어 모시는 자리 아래. 좌하(座下).
748) 천위(天位). 하늘이 준 벼슬. 곧, 그 사람에게 가장 알맞은 벼슬을 이름.
749) 범람(氾濫). 제 분수에 넘침.

을 바다 너을 죽이로 왓노라."

ᄒ니, 곽셤이 ᄃᆡ로 왈,

"셜홍은 드르라. 너이 화제750) 덕이 업셔 여려 ᄒᆡ 흉연니 드러 빅셩니 기혼을 면치 못ᄒ로 닉 군병을 거나려 너이 황제와 ᄐᆡᄌᆞ751)을 죽이고, 어딘 ᄉᆞ람을 갈히여 천ᄌᆞ을 셔우고져 흠니라. 너이 말니 견명을 바

125쪽

다 닉 목을 버히로 왓다ᄒ니 ᄡᅡ와 승부을 결단ᄒᆞᄌᆞ."

ᄒ거날, 어ᄉᆞ ᄡᅡ오고져 ᄒᆞᄃᆡ 충금도 염고 곽셤이 직조을 아디 못ᄒ여 은신752)ᄒ고 보니, 곽셤니 셜홍을 일코 거처을 아디 못ᄒ여 두로 ᄎᆞ단니 어ᄉᆞ 소753) 왈,

"곽셤은 여게 잇난 날을 모로고 어딕가 ᄎᆞ난야? 그러ᄒᆞ고야 ᄡᅳ절 일우리요."

곽셤이 도라보니 청포중754) 밋히셔 빅운션755)으로

126쪽

얼골을 반만 가리고 셧거날, 곽셤니 분기을 이기디 못ᄒ여 칼노 ᄶᅩ 친니 ᄶᅩ 간딕업거날, 마암이 놀나 천기을 본니 장딕이 중셩756)니 빗처거날 그ᄃᆡ야 ᄌᆞ긱인 줄 알고 군중이 졀영ᄒᆞᄃᆡ

---

750) 황제(皇帝). 왕이나 제후를 거느리고 나라를 통치하는 임금을 왕이나 제후와 구별하여 이르는 말.

751) 태자(太子). 황제의 자리를 이을 황제의 아들.

752) 은신(隱身). 몸을 숨김.

753) 소(笑). 웃으며

754) 청포장(靑布帳). 푸른 천으로 만든 휘장.

755) 백운선(白雲扇). 부채.

756) 장성(長星). 혜성.

"셜흥니라 흔난 주긱니 드러왓시디 풍운조화와 둔갑중신을 흔난고로 어들노 가난 줄 모르니, 딘중이 바람니 이러누

수숭거든 활과 충으로 치디 니 주긱을 더부러 쓰오면 분을 울일 거시니 일시이 달여들어 치라."

분부흐시고 딘중이 충을 들어 셔우고 식김싱니 드디 못흐기 흐드라. 어스 평풍치이셔 곽셤다려 왈,

"너을 발셔 죽일 거시로디, 디금쩌지 슬여둠은 용역금술을 구경코져 흠니이 직조을 다흐여 니이 머리럴 버

히라."

흐니, 곽셤이 그 말을 듯고 흔변 바리보며 눈을 부릇쓰고 호령 왈,

"니이 칼을 본디 스졍이 업시니 날을 당할 듯흐거든 쓰와 스싱을 결단흐즈."

흐고 달여들거날, 어스 들어오난 칼을 즙고 곽셤이 투고을 벗겨 씨고 셔로 쓰홀시 양중이 고흠소리 쳔디 디동흐고, 스셕757)이 이러나 군스들니 눈을 쓰디

못흐드라. 그러그러 일낙셔순 흐난디라. 곽셤이 기운은 겸겸 승승758)흐고 어스이 기운은 겸겸 식단759)흐미, 빅운션이 혼빅을 붓쳐 곽셤을 맞기고 중

---

757) 사석(沙石). 모래와 돌을 아울러 이르는 말.
758) 승승(乘勝). 싸움 따위에서 이기는 형세를 탐.
759) 쇠진(衰盡). 점점 쇠퇴하여 바닥이 남.

딕이 두려시 안ㅈ 북을 울니며 오방기을 두르니 군졸니 북소릭를 듯고 기 두르믈 보드니 져이 중수만 역여 고흠ㅎ고 곽셤을 쳡쳡니 둘너싸고 활노

130쪽

쏘고 츙으로 디르니 곽셤니 아모리 승천입디[760] ㅎ난 용역을 가즈시나, 수만 병이 칼과 할슬[761]을 무어시로 막으리요. 도망코져 ㅎ나 몸이 나릭 업스니 어이 다라나리요. 분을 니기디 못ㅎ여 동셔남북으로 번기갓치 충돌ㅎ다가 기운이 시딘ㅎ여 쌍이 쩌러디니, 후군중 무졈니 곽셤이 머리을 버혀 들고 승전고을 울

131쪽

니며 중딕이 이르니 동방니 임이 발갓드라. 어스 무겸을 쑤디져 왈,

"니놈, 너난 너이 중수를 날만 역여 늬흔틱 바치니 그 일을 싱각건틱 엇디 일신들 술여두리요."

즉시 진문 밧기 소세 곽셤이 머리을 봉ㅎ여 천ㅈ게 올니고, 군수난 각각 달늬여 져이 딥으로 보늬고, 군기난 덕천군의 붓치고 그고졀 쩌나 희남쌍이 니르

132쪽

러 명션 줍아다가 쑤디저 왈,

"이놈 명셔니, 낫철 드러 날을 보라. 그전이 북슌도 응빅이 딥이 귀히 기르난 딤싱을 네가 밤중이 도적ㅎ여다가 등치로 치며 열두 먼이 단니며

---

760) 승천입지(昇天入地). 하늘로 오르고 땅속으로 들어간다는 뜻으로, 자취를 감추고 없어짐을 이르는 말.

761) 화살.

지물을 어더 글노 ᄒᆞ여 부ᄌᆞ 디엿스니 응당 그 딤싱을 줄 기를거시어날 그럿치 안니ᄒᆞ고 왕승상으게 팔고 가니 셰승의 갓튼 인졍은 쳔ᄒᆞ의 너 ᄒ

나 ᄲᅮ니라. 이놈아, 눈을 드러 날을 보라. 늬가 젼의 너훈틔 셔름밧든 딤싱니라."
ᄒᆞ고, 즉ᄉᆞ 숨노변762)의 쳐춤763)ᄒᆞ고 져의 쳐난 극벽764)의 안치ᄒᆞ고 지물을 훗히 희남빅셩을 주고 북순도로 힝ᄒᆞ여 가니라.
잇ᄯᅵ 쳔ᄌᆞ 어ᄉᆞ의 즁계765)와 곽셤이 머리을 보고 졔ᄉᆞ766)과 더부러 층ᄎᆞ 왈,
"셜홍니 귀즁이 ᄂᆞ려가 도탄767)즁이 든 빅셩을

구ᄒᆞ고 역젹 곽셤이 머리를 버혓시니 그 공을 무어스로 갑푸리요."
셜홍으로 파강노 겸 병부숭셔을 졔수ᄒᆞ고, 예관을 보닉신니라.
이젹이 셜어ᄉᆞ 북순도의 니ᄅᆞᄃᆡ 응빅이 황급ᄒᆞ여 어ᄉᆞ 좌ᄒᆞ의 복디 주 왈,
"승공은 뉘시관ᄃᆡ 어니 춧난잇가?"
어ᄉᆞ 응빅이 손을 줍고 눈물을 흘여 왈,
"늬가 팔연 젼의 북순도의셔 주닌은

---

762) 삼로변(三路邊). 삼거리 길가.
763) 처참(處斬). 목을 베어 죽이는 형벌에 처함.
764) 궁벽(窮僻). 매우 후미지고 으슥한 곳.
765) 장계(狀啓). 왕명을 받고 지방에 나가 있는 신하가 자기 관하(管下)의 중요한 일을 왕에게 보고하던 일. 또는 그런 문서.
766) 제신(諸臣). 여러 신하들.
767) 도탄(塗炭). 진구렁에 빠지고 숯불에 탄다는 뜻으로, 몹시 곤궁하여 고통스러운 지경을 이르는 말.

김싱을 다려가다 귀히 기르든 김싱이오나, 주닌은 그 스이게치 안영호신 잇가?"

웅빅니 그 말을 듯고 놀닉여 왈,

"말슴은 반가오나 그 말슴은 고디 드를 말슴 아이로소니다. 실노 그러호면 일신이 가득흔 터리을 엇디 면호고 남중일쉭[768] 도얏난잇가?"

어스 왈, 조릭 명션이 날을 밤중이 도젹호여 엿츠엿츠 호든 말과

소주쌍 구화동 왕승숭니 닉이 가긍호믈 싱각호여 은즈 빅양을 주고 스다가 북순도이 바리든 말이며, 쓰용스 부쳐님니 약주어 먹고 탈갑흔 말과 용문[769]이 올나 기주도 어스로 나려와 명션을 죽니고 이리 오기난 주인이 평안호신가 호야 왓거니와, 주닌이 양휵디은[770] 무어스로 갑푸리요. 이거시 약속호나[771] 졍을

표호노라."

호고 은즈 슴빅양을 주거날, 웅빅 어소이 말을 듯고 왈,

"소딕 숭공을 일코 스방으로 츠즈 단이다가 다시 만닉디 못호여 지금까디 근심호드니, 숭공니 허물을 벗고 귀히 도야 츠즈 왓스오니 반갑 층양업거니와 그거시 다 호호날니 다 지호시미라. 엇디 싱이 공이라 호리요."

---

768) 남중일색(男中一色). 남자의 얼굴이 썩 뛰어나게 잘생김. 또는 그런 사람.
769) 용문(龍門). 어려운 관문을 통과하여 크게 출세하게 됨. 벼슬길.
770) 양휵지은(養慉之恩). 길러준 은혜.
771) 약소(略少)하나. 적으나.

어스 왈,

"나도 또흔 보은772)ᄒ노라 준 빈 안이라, 인정으로

주난 거시니 ᄉ양치 마압소셔."

ᄒ니, 응빅니 마디못ᄒ여 밧고 ᄂ당으로 미시고 응빅이 ᄂ위773) 못ᄂ 딜기 드니 어스 왈,

"ᄂ가 와 주인이 ᄂ위분 안영ᄒ시믈 아랏ᄉ오니, 엇디 여려 날 주인이 은혜을 기치리요. 주인은 ᄂᄂ 안영ᄒ옵소셔."

ᄒ니, 응빅이 무무774) 탄식 왈,

"ᄉ공니 이제 나시면 다시 만ᄂ기을 바리리요. 오희라, 우리 팔ᄌ 기박 ᄒ와 아달은 업고 다

만 ᄯ 흐나 두엇시니, 인물과 여공775)니 업기로 나히 이십 세이 정혼티 못ᄒ엿든니이 ᄉ공게 여식을 부탁ᄒ오니, 복원 ᄉ공은 져바리디 마압소 셔."

ᄒ니, 어스 왈,

"주인이 말ᄉᆷ을 듯디 안이ᄒ리요마난, 님이 부치776) 일병으로 정혼ᄒ엿 스니 어렵난니다."

ᄒ니, 응빅니 왈,

---

772) 보은(報恩). 은혜를 갚음.
773) 내외(內外). 부부.
774) 부부.
775) 여공(女功). 예전에, 부녀자들이 하던 길쌈질.
776) 부처(夫妻). 부부.

"흐방 쳔싱777)으로 으 젼실778)듸미 안니라, 슬흐이 두고 침식이

140쪽

나 흐여 졍니나 두옵소셔."
흐니, 어스 옛은혜을 싱각흐여 허락흐고 즉시 퇴일흐여 밍월노 쳡을 숨우니라.
잇되 예관이 나려와 교지779)을 드리거날, 어스 바다 북향사비 흐고 예관을 졉듸흐여 보늬드라.
이젹이 왕소지와 난영니 용암신님780)을 믜시고 동졍 왕월순 극낙암이 잇드니, 도젹 수빅 명니 드러와 스늬781) 중을 결박

141쪽

흐고 시간을 탈취흐여 가지고 그 졀을 소화흐고 가니 화광이 충쳔782)흐드라.
잇듸 난영니 부각봉이 올나 슨취783)을 뜻다가 마춤 아리 보니, 난듸업난 불리 니려나거날 놀늬여 급피 나려와 보니 스듸 중니 다 죽엇난듸라. 소졔와 용암을 초다며 슬피 우든이, 어듸셔 우름 소릐 나거날 불곳 스니로 슬피 보니 후원 혁갈784)이

142쪽

소졔을 기동이 줍아믜엿거날, 난영니 불 속이 드러가 소지을 업고 죽기을

777) 하방천생(遐方賤生). 서울에서 멀리 떨어진 지방의 천한 출신.
778) 정실(正室). '아내'를 첩에 상대하여 이르는 말.
779) 교지(敎旨). 조선 시대에, 임금이 사품 이상의 버슬아치에게 주던 사령(辭令).
780) 용암스님.
781) 사내(寺內). 절 안.
782) 충천(衝天). 하늘을 찌를 듯이 공중으로 높이 솟아오름.
783) 산채(山菜). 산나물.
784) 헛간. 막 쓰는 물건을 쌓아 두는 광.

무릅스고 나와 나려놋코 보니 만신니 타셔 스람이 모양은 업난 중 시승 바릴 듯ㅎ거날, 난영니 소지을 부라며 흔드듸 정신니 업고 입이셔 츤김만 나난다라. 이른 망극흔 일니 어듸 닛시리요. 손으로 가슴을 치며 흐날을 우려려 통곡ㅎ다가

143쪽

칼노 저이 다리을 질너 피을 닉여 소제 닙이 여흐니785), 니윽ㅎ여 눈을 드러 난영을 보거날 난영니 그제야 우름을 긋치고 쏘흔 용암싱님을 ᄎᄌ 미시고 져 ㅎ여 스닉이 드러가 보니 발셩 셰승을 바럿거날 망극ㅎ여 용암싱님과 스닉 중 십여 명786) 신치을 다시 화중ㅎ고 도라와 소제게 그 연유을 고ㅎ니 소지 듯고 망극히 이통ㅎ드라. 난

144쪽

영니 싱각ㅎ듸
'딥도 업고 양식도 업시니 병든 소지을 어니ㅎ리요.'
소지을 업고 절을 ᄎᄌ 가든니 일낙셔슨ㅎ여 촌가이 ᄎᄌ 드려 ᄒ롯밤 ᄌ기을 쳥ㅎ니, 그 딥 주인이 왈,
"동듕787)이 유고ㅎ기로 졍셩을 다ㅎ여 기도ㅎ난듸, 어듸 잇난 중니 불이 탄 중을 업고 ᄌ기을 말ㅎ난다."
ㅎ고 등을 밀쳐 동구788)이 닉치거날, 난영니 할일업셔 절

---

785) 넣으니.
786) 십여 명.
787) 동중(洞中). 동네 안.
788) 동구(洞口). 동네 어귀.

을 추주갈식, 첩첩 순을 올나가니 천수암니 은은니 보니거날 마암이 반겨 왈,
"니제야 무슴 걱정니 잇스리요."

말리 맛디 못야 바히 틈으로 난듸업난 초범니 주홍갓튼 업을 버리고 달여들거날, 난영니 놀늬여 아모리 홀줄 모로다가 오든 길노 가려ㅎ든니, 쏘흔 그 아릭 빅호 소릭을 디르며 오거날 난영니 슬피 탄식 왈,
"이지 호구[789]

을 면치 못ㅎ고 주져 딤싱이 밥이 도야 이 순흥이셔 무주공혼니 디리로다."
ㅎ고, 다시 싱각ㅎ듸
'가다가 죽을지라도 엇디 좌이듸스[790]ㅎ리요.'

소직을 급히 업고 낙화을 발바 드러갈식 천지을 분별치 못ㅎ고 첩첩순을 너며가니, 딥도 절도 업고 금수만 슬피우이, 아모리 셕목간중[791]인들 아이 울고 어니ㅎ리요. 난영니 마을 추주가

밥을 어더 먹고 드니,

잇듸 셜숭셔 밍월을 다리고 니젼 은해을 말ㅎ다가, 호련 왕소직을 싱각ㅎ여 비회로 원손만 바릭고 안주든니 닛듸 난영니 소직을 언덕 밋히 거젹을

---

789) 호구(虎口). 호랑이의 아가리라는 뜻으로, 매우 위태로운 처지나 형편을 이르는 말.
790) 좌이대사(坐而待死). 앉아서 죽기만을 기다린다는 뜻으로, 아무 대책이 없이 운수에 맡김을 이르는 말.
791) 셕목간장(石木肝腸). 나무나 돌처럼 아무런 감정도 없는 마음씨를 비유적으로 이르는 말.

덥퍼 누이고 혼 딥이 드러가 밥을 어더 가지고 나오다가, 승셔을 보고 왈,

"승공님언 모월 모일 야이 소주쌍 구화동 왕승승딕이 와셔 소지을 구ᄒ시든

금능쌍 잉무동 셜셔방님 안이시니가?"

승셔 왈,

"과연 그르ᄒ거니와, 중은 엇디 아나야?"

난영니 엿ᄌ오딕,

"소승은 왕승승딕 시비 난여니압거니와, 승공은 엇디 소비을 모로시난잇가?"

승셔 닉심이 고히 역여 ᄌ셔니 보니 난영니 불명ᄒ거날, 그제야 손을 줍고 문 왈,

"너난 어니 이곳을 왓시며, 소지난 어딕 게시야?"

난영

니 주 왈,

"승공니 쩌난 우로[792] 노주 의탁ᄒ여 세월을 보닉드니, 꿈이 승승이 ᄒ신 말숨을 듯고 그날밤이 도망ᄒ다가 용암딕스을 맛나 연소암이 가 머리르 싹고 동정 왕월순 극낙암이 잇다가 쯧박기 도젹을 만닉 이러 경경ᄒ거날 소지을 구화여 업고 니고졀 왓스오나, 소지난 세승이 유ᄒ기 어렵슴나니다."

ᄒ니, 승셔 놀닉여

---

792) 후로. 뒤에.

난영을 싸라가니 과연 언덕 밋틱 거적을 덥고 누엇시딕 숨니 오락가락 ᄒ거날, 상셔 소직이 경승과 구은[793]을 싱각ᄒ니 스스로 눈물니 흐르난더라. 소직을 다리고 딥이 도라와 밍월이 방이 누니고 약으로 구ᄒ니 소직 흔슘딥고 도라누으며 문 왈,

"이 딥은 뉘 딥이며, 압픽 난즈[794] 우르시난 니난 뉘라 ᄒ시난잇가?"

난영이 엿즈오딕,

"뉘 딥인딕

모로딕 아픽 안디시 이난 금능땅 임무동이 스난 셜셔반님니로소니다."

ᄒ니, 소직 즈셔니 보고 눈물을 흘여 왈,

"승공은 금능쌍 이무동이 셜셔방님니은잇가?"

승셔 일히일비ᄒ여 나슘을 드러 소직이 눈물을 싹그며 위로 왈,

"소직난 정신을 딘졍ᄒ소셔."

ᄒ고, 난영다려 왈,

"소직이 죽을 목숨을 네가ᄒ여[795] 니곳익셔 맛닉

보니 너이 막딕은[796]을 무어시로 갑푸랴?"

ᄒ니, 난영니 엿즈오딕,

---

793) 구은(舊恩). 옛 은혜.
794) 앉아.
795) 너로 하여.
796) 막대은(莫大恩). 큰 은혜.

"소지이 원명[797]니 중원 오날날 맛나미요, ᄒ나릐 도으심니라. 엇디 소비이 은덕으로 맛낫사오리잇가."

ᄒ고, 전후 고상ᄒ든 말을 셔로 화ᄒ다가 밍월을 불너 소졔을 보닐식 소지 밍월을 보고 ᄉ랑ᄒ니 밍월도 소지을 부모갓치 셤기드라. 응빅이 닉위도 주야로 구병[798]ᄒ니 승

153쪽

셔 더욱 응빅이 닉위을 충춘ᄒ드라.

이적이 슈문중니 쥬문[799]을 보ᄒ디,

'가달군니 반ᄒ여 남적 북흉노 양국을 방복[800]밧고 이으기양양[801]ᄒ여 디국을 침노코져 ᄒ여 용중[802] 천여 원과 군ᄉ 빅만을 거나리고 셩문 밧기 유딘ᄒ엿다.'

ᄒ거날, 승니 크기 놀닉여 문무졔신으로 더부러 의논ᄒ시드니, 또 체탐이 보ᄒ디

'가달니 중셩문을 기치고 드

154쪽

러와 수문중을 버히고 졀강 심육쥬을 첫시나 달왕은 검수리이 신통ᄒ여 풍운조화을 님으로 부리고 승중군 묵특은 모듬식로 숨겻습난디 칼과 충니 몸이 다니면 충나리 손손니 부셔디고 부중 셜만은 틱슌을 엽희 기고 흔수을

---

797) 원명(原命). 본디 타고난 목숨.
798) 구병(救病). 앓는 사람이나 다친 사람의 곁에서 돌보고 시중을 듦.
799) 주문(奏文). 임금에게 아뢰는 글.
800) 항복(降伏).
801) 의기양양(意氣揚揚). 뜻한 바를 이루어 만족한 마음이 얼굴에 나타난 모양.
802) 용장(勇將). 용맹스러운 장수.

건너고 쏘흔 천문지리을 능통흐고, 션봉쥥803) 무숭은 몸이 나릭804) 돗처난
디 발을 쌍이 다니지 아이흐고 번기갓치 단니

155쪽

며 즁졸이 머리을 님으로 버히고 그 아릭 일홈 업난 즁수 빅여 명니라
흐오니 복원 피흐난 수셩즁졸805)을 퇵출806)흐여 급흠을 막으소셔.'
흐엿거날, 숭니 견필807)이 딕경흐여 딕도록808) 이경욱으로 션봉을 숨고, 부
도독 김셩틱로 즁군즁을 숨고, 거니즁군 유익보로 좌즁군을 숨고, 표기즁군
졍일지로 우즁군을 숨고, 즁낭즁 니명으로 영군즁

156쪽

을 숨고, 풍치목으로 통독즁을 숨고, 오군딕수 황두문으로 구량즁을 숨고,
나문 즁수 빅여 명을 쎄여 춤니 연습흐며 도셩으 퇵즈로 직히게 흐고 용즁
쳔여 원과 졍병809) 빅만을 거나리고 숭이 친히 가달을 치로810) 가실식 걱고
훔셩811)은 순쳔을 움직니난 닷, 기치춍금은 일월을 가리왓드라. 힝흔 디812)
숨일 만이 도셩을 지니가니 가다

---

803) 선봉장(先鋒將). 제일 앞에 진을 친 부대를 지휘하는 장수.
804) 날개.
805) 수성장졸(守城將卒). 적의 공격이나 침략을 막기 위하여 성을 지키는 군사.
806) 택출(擇出). 골라냄.
807) 견필(見畢). 보기를 마침.
808) 대도독(大都督). 옛 중국에서, 전군을 지휘하고 통솔하던 벼슬.
809) 정병(精兵). 우수하고 강한 군사.
810) 치러.
811) 격고함성(擊鼓喊聲). 북을 두드리는 소리와 함성.
812) 행한 지. 길을 떠난 지.

리 북관을 쎅티고 드러와 사십여 셩을 쳐 흥복밧고 빅니스즁이 딘을 첫시딕 구름니 철셕갓드라. 즉시 젹젼을 딕흐여 원낭딘을 치고 격셔813)을 보닌 후 익 셩문을 크기 열고 션봉즁 이경으로 딕젼흐라 흐니, 니경니 딘문 밧긔 나셔며 크게 외여814) 왈,

"가달왕은 드르라. 너난 쳔지을 모르고 니렷탓 범직흐믹 우리 황졔 니고딕 우르러 너을 즈바 문직 후익 머

리을 버히고져 흐니 날을 당흘 쥬수 잇거든 즈우을 결단흐고 그러치 아이흐거든 너히 머리을 버혀 우리 왕승815) 젼익 바치리라."
흐니, 젹딘 즁익셔 방포일셩816)익 가달 션봉즁 무숭니 즈금투고817)익 보신갑818)을 입고 와룡금을 들고 황총마을 모라 진문 밧게 나오니 얼골은 불쏫 갓고 팔쳑즁신819)익 경식갓튼 눈을 부릇 뜨고 꾸디져 왈,

"니놈, 너익 황제 덕니 업

셔 빅셩니 도탄 즁익 드러 원셩니 충쳔흐고로 흐나리 슬피스 우리 왕으로 흐여곰 너익 왕익 머리을 버히란 쳔명니 기신고로 왓시니, 너난 쳔명을

---

813) 격서(檄書). 군병을 모집하거나, 적군을 달래거나 꾸짖기 위한 글.
814) 외쳐.
815) 왕상(王上). '왕'의 높임말.
816) 방포일성(放砲一聲). 포나 총을 쏘는 소리.
817) 자금(紫金)투고. 검붉은 색이 나는 도자기 잿물 빛깔의 투구.
818) 보신갑(保身甲). 예전에, 몸을 보호하기 위하여 입던 갑옷.
819) 팔척장신(八尺長身). 키가 매우 큰 사람이나 그 사람의 몸을 과장하여 이르는 말.

모르고 방즈니 말ᄒ난야."

ᄒ며 달여들어 ᄊᆞ올ᄉᆡ, 니십여 홉이 무슝이 와룡금검니 번듯 ᄒᆞ며 니경이 머리 ᄹᅥ러지거날 황진 중이셔 션봉즁 죽음을 보고 좌즁군 유익보 번창츌마820) ᄒᆞ여 ᄊᆞ올ᄉᆡ 니십여 홉이 ᄯᅩ 무슝이

160쪽

칼니 번듯 ᄒᆞ드니 익보이 머리 ᄹᅥ러디거날, 황진니 크기 놀ᄂᆡ여 칠장821)니 ᄂᆡ달나 적즁 무슝을 둘너ᄊᆞ고 할노 쏘며 층으로 치니 무슝니 몸을 날여 칠즁을 흔칼익822) 버히고 의기양양하여 승진고을 울니며 본딘으로 도라가거날, 황딘 즁졸이 분을 이기지 못ᄒᆞ야 우즁군 정일지 딘문 밧기 나셔 위여 왈,

"어지난 우리 딘이 픿ᄒᆞ엿거니와 오날은 너이 중수을

161쪽

씨업시 죽이리니 ᄂᆡ이 젹수 닛거든 나와 ᄂᆡᆨ이 칼을 바드라."

ᄒᆞ니, 적즁 셜만니 황금투고이 보신갑을 입고 즁층디검을 들고 빅총마을 모라 딘문 밧기 나셔니, 얼골은 검불고 수염은 두ᄌᆞ니 남은 놈니 누을 부룻 틋고 외여 왈,

"딘즁익 즁수 만은야? 일시익 나와 목을 느러 ᄂᆡ 칼을 바드라."

ᄒᆞ고 셔로 ᄊᆞ올ᄉᆡ, 니십여 홉이 적즁이 층이 번듯 ᄒᆞ든니 일

---

820) 번창츌마(飜槍出馬). 창을 휘두르며 말을 내닫음.
821) 칠장(七將). 일곱 장수.
822) 단칼에.

디이 머리 섬광을 조추 나려디거날, 중군중니 바릭보고 분을 이기디 못ᄒ여 니달나 이십여 홉이 칼니 번듯 ᄒ며 황중이 머리 마ᄒ이 나러디거날, 적중 니 으기양양ᄒ여 황중 나오난 듸로 버히고 승젼고을 울니며 본진으로 가거 날 황진이 두 번 픽하니 황졔 시위지중⁸²³⁾으로 더부러 은근 분부ᄒ든니 구 량중 황두문니 복디 주 왈,

"명닐은 소중니 나가

적중이 머리을 버허 두 본 쓰홈이 픽흔 분을 푸리다."
ᄒ든니, 그 잇튼날 두문니 진문 밧기 나셔 듸호 왈,

"적중은 드르라. 너히 등니 흔갓 상포만 밋고 두본 쓰홈이 승젼ᄒ여거니 와 오날은 너히 왕이 머리을 버허 죽은 중수이 원수을 갑풀거시니 급피 나와 늬 칼을 바드라."
ᄒ니, 적중 숭즁군 묵튼니 듸로ᄒ여 쌍봉투고이 싀금철갑을 입고 수모충

을 들고 청총마 숭이 두러시 안즈시이 뇹은 딥둥갓고 검불근 얼골은 징즉 가흔 놈니 싀별갓탄 눈을 부쯧 듯고 우익⁸²⁴⁾갓탄 흔 소릭을 쳔둥갓치 지르 며 달여드려 불가 일홉이 두문이 머리 금광⁸²⁵⁾이 날여지거날, 황진 즁이셔 두문이 국음을⁸²⁶⁾ 거날리고 흠셩ᄒ며 묵특을 둘너쓰니 묵특니 몸날여 수모

---

823) 시위지장(侍衛之將). 임금을 모시어 호위하는 장수.
824) 우레. 천둥.
825) 검광(劍光). 칼날의 빛.
826) 죽음을.

츙니 번듯 ᄒ며 용즁 쳔여 원

165쪽

을 버히고 청춍마을 급피 모라 황진 즁이 달여든니, 황진 즁졸니 밋쳔[827]
손을 놀니지 못ᄒ여 죽난 지 부지기여수[828]라. 묵특이 좌춍우돌[829]ᄒ다가
바로 즁딕로 쳣츳가니, 쳔즈 딕경ᄒ여 져즁군졸[830]노 묵특을 막으라 ᄒ고
시위제신을 거나리시고 도망ᄒ실시 젹진 즁이셔 황졔 다리남을 보고 방포
일셩이 션봉즁 무슌니 쳔쳘기을 거나

166쪽

려 압을 막아 쏫차가고 셜만은 수쳔 쳘기[831]을 거나리고 황금갑주[832]이 빅
춍마을 타고 즁춍을 두르며 셔편을 쏫츠 가고 숭즁군 니묵특은 수모춍을
두르며 불꼿갓치 조츠가니 징부 소리와 흠셩 소리난 쳔디가 뒤눈난[833] 듯
ᄒ드라. 일시이 달여들어 황졔을 쳡쳡니 둘너싼고 고흠ᄒ니, 황졔 망극ᄒ여
ᄒ날을 우러ᄋ 탄

167쪽

식 왈,

　"오희라[834], 명국 수빅연 수직[835]을 밧드디 못ᄒ고 젹즁으게 죽기 디니

---

827) 미처.
828) 부지기여수(不知其餘數). 헤아릴 수가 없을 만큼 많음. 또는 그렇게 많은 수효.
829) 좌충우돌(左衝右突). 이리저리 마구 찌르고 부딪침.
830) 제장군졸(諸將軍卒). 여러 장수와 군졸.
831) 철기(鐵騎). 철갑을 입은 기병.
832) 갑주(甲冑). 갑옷과 투구를 아울러 이르는 말.
833) 뒤눕는. 물체가 뒤집히듯이 몹시 흔들리는.
834) 오호라. 슬플 때나 탄식할 때 내는 소리.

명천836)은 슬피스 어진 중수을 보닉여 가긍흔 목숨을 슬여 주압소셔."
흐시드라.

니젹이 셜승셔 소제 병니 ᄎᄎ 나으니 틱일흐여 예을 니루고 북슌도을
ᄯᅥ나 황셩으로 가니라.

니젹이 가다리 반흐여 딕국을 침범흐미 황지 ᄌ중격디837) 흐로 가신 말을
듯고 분

168쪽

기을 니기지 못흐야, 바로 황셩 딕진을 ᄎᄌ갈식 봉셩을 넘어 죽님원이 숙
소흐고 승수바희 지닉 농셔관이 숙소흐고 힝셩업이 디닉 셔셩관이 숙소흐
고 쳥숑영을 넘어 강북으로 좃ᄎ가니, 낙션딕이 희가 디고 월영강이 다리
빗치 우림순 조분 길노 흐슈을 건너 쮜여 션ᄉ당으로 도라드니 원촌이 달

169쪽

달기 울고 오중원 순곡으로 빅만원 다다르니 졀희 순 춘바람이 먹은 슐니
씨드라. 칠셩님을 바릭보고 동죽영을 너머가니 옥야쳘이 너은 들이 황진니
딕픠흐여 도망흐시니 젹중드리 쳡쳡니 둘너싸고 호령흐니, 황지 수싱838)니
그 가온틱 잇난지라. 셜홍니 바릭보고 분을 이기디 못흐여 둔갑을 베푸러
몸을 흠운839)이 븟쳐 바람을 ᄌ바타고

---

835) 사직(社稷). 나라 또는 조정을 이르는 말.
836) 명천(明天). 밝은 하늘.
837) 자장격지(自將擊之). 자기 스스로 군사를 거느리고 나아가 싸움.
838) 사생(死生). 죽음과 삶.
839) 흥운(興雲). 일어나는 구름.

170쪽

적진이 드러가니 적중 무숭니 와룡금을 드러 황직을 치니 식금숭학관이 마즈 나려지거날, 셜홍이 달여드러 황직을 업고 본진으로 도라와 중듸이 믹시고 용안호두이 봉목을 부릇쓰고 우릐갓튼 소릐을 천동갓치 지르며 진중이 달여들어 일전으로 무숭을 치니 무숭니 말기 써려디거날 셜홍니 무숭이 발목을 검처잡

171쪽

고 황총마을 아스타고[840] 공중이 올나 물우이 지비 놀 듯, 심순이 밍호갓치 적중을 무수니 지치니 일진광풍[841]니 널어나며 운무 즈옥ᄒ더니 ᄒ나리 문허지난 닷, 스히가 뒤눕난 닷하며 홍니 와룡금을 질너 중졸이 머리 구시월 단풍이 낙엽츠로 써러지고 호통소릭이 적중니 놀닉여 두미을 모로고 발펴 죽난 지 무수ᄒ드라. 셜

172쪽

홍니 일전으로 능당빅만병[842]ᄒ고 황진 기을 두르며 훗허딘[843] 군스을 낫낫치 츠즈 거나리고 본딘으로 도라오니라. 천즈 졍신을 진졍ᄒ여 문 왈,
"짐을 구ᄒ든 중수난 뉘라 ᄒ난야?"
ᄒ시거날, 셜홍니 복디 주 왈,
"신은 기주도 어스 파강노 병부승셔 셜홍니로소니다. 신니 원방[844]이 갓습기로 일즉 가달을 물너치지 못ᄒ압고 피ᄒ이

---

840) 빼앗아 타고.
841) 일진광풍(一陣狂風). 한바탕 몰아치는 사나운 바람.
842) 능당백만병(能當百萬兵). 능히 백만 군사를 당할 만함.
843) 흩어진.
844) 원방(遠方). 먼 지방. 또는 먼 곳.

　옥쳬845)을 승호시기 호오니 직 만수무셕이로소니다."

호니, 승니 왈,

　"딤니 발디846) 못호여 지을 춫디 못호미라. 엇디 경이 지라 호리요."

호고, 셜홍으로 듸원수847)을 봉호시고 왈,

　"혹 틱만흔 즈 잇그든 경니 님으로 치치호라."

호시거날, 원수 수명848)호고 물너나와 딘을 곳쳐 스면팔방이 십육문을 늬여 팔문은 싱문을 늬고 팔문은 스문을 숨아 수문

즁을 졍호고 군수 황오을 각각 막겨 신디849)을 직히게 호고, 무수을 불너 왈,

　"무숭을 즈바오라."

호니, 무스 쳥영호고 방포 일셩이 딘문을 크졔 열고 명급 일셩이 취리호여 무숭을 줍아늬여신 기듸850)이 달고 승젼고을 울니드라.

　잇디 달왕니 션봉즁 죽음을 보고 분기을 이기디 못호야 부즁 셜만을 불너 왈,

　"앗가 우리 즁졸이 명

---

845) 옥체(玉體). 임금의 몸.
846) 밝지.
847) 대원수(大元帥). 국가의 전군(全軍)을 통솔하는 최고 계급인 원수를 더 높여 이르는 말.
848) 수명(受命). 명령을 받음.
849) 신지(信地). 정해진 순찰 구역.
850) 깃대.

제을 불너쌋고[851] 거이 줍기 뒤엿드니 난듸업난 즁수 닉둘나 우리 션봉을 죽엿난야?"

셜만 주 왈,

"명일은 소즁니 나아가 즁수을 버혀 왕승이 분을 풀고 션봉이 원수을 갑푸리다."

ᄒ드니, 그 잇튼날 황진 듸원수 셜홍이 방포일셩이 듼문을 열고 황총마 승이 두려시 안즉 달왕을 불너 꾸디져 왈,

"너난 조고만흔 지

조을 밋고 듸국을 침노ᄒ니 날을 당홀 듯ᄒ그든 밧비 나와 닉이 머리을 버히고 그럿치 안이ᄒ그든 너이 머리을 버혀 우리 왕승 젼이 빗히리라."

ᄒ니, 젹즁 셜만니 듸로ᄒ여 듼문 밧기 나셔 우어 왈,

"이놈아, 네가 우리 션봉을 버히든 놈이야? 오날은 너이 머리을 베혀 분을 푸리라."

ᄒ고 달여들어 셔로 쌋올식, 인난 양호공투지

승니라. 팔십여 흡이 원수이 와룡금이 번듯 ᄒ드니 셜만니 탄 말이 업디거날, 셜만니 말을 바리고 중즁을 변기갓치 놀니며 공즁으로 나라드러 쌋올식 양즁이 고함 소릭난 틱슨니 문너지난 닷ᄒ며 스셕니 날여 눈을 쓰디 못ᄒ든니 오십여 합이 와룡금니 번듯 ᄒ드니 젹즁이 투고 마즈 나려지니 셜만니 더욱 분

---

851) 둘러싸고.

을 이기지 못ᄒ야 등화갓치 튼 눈을 부릇 쓰고 우릐 갓흔 소릐을 지르며 왈,

"이놈, 네가 늬 칼을 취ᄒ고 투고난 씨엿거니와 너이 목숨은 늬 중중이 달엿난니라. 굼젹말고 늬 칼을 바드라."

ᄒ며, ᄯ 삼십여 합이 셜만 몸을 바람이 부처 중천이 일ᄂᆞᆫ일ᄂᆞᆫ852) ᄒ든니 충으로 원수이 가삼을 질으거날 원슈 드러오난 충을 손으로 와

룡금을 드러치니 셜만니 충든 파리 마ᄉ853) 씬어딘이 셜만이 충을 바리고 달여들어 원수이 갑오셜 물고 어울여 ᄊ올시 황총마 놀닉여 뒤을 소소 발노 츤니 셜만니 짱이 써러디난ᄂᆞ리라. 원수 급피 말을 둘너셔우고854) 셜만이 머리을 와룡금이 쮜여들고 본딘으로 오드니, 젹딘 군 셕돌남니 딘경딘로855) ᄒ여 순금갑주이 ᄉ총마을 타고

크기 위여 왈,

"셜홍은 닷디말고 늬 칼을 바드라."

ᄒ며, 첩첩니 둘너ᄊ고 고각흠셔은 천디 딘동ᄒ더라. 원수 말을 급피 모라 드러오난 군ᄉ을 무수니 주기고 돌남과 셔로 ᄊ올시 오십여 흡이 젹중이 충니 번듯 ᄒ드니 공중으로 ᄯᅥ오거날 와룡금을 드러 치니 젹중니 짱이 써러 지드니 몸을 소소와 ᄊ올시, ᄯᅩ 십여 합이 와룡금니 번듯 ᄒ드니 젹중

---

852) 얼른얼른. 무엇이 자꾸 보이다 말다 하는 모양.

853) 맞아.

854) 돌려 세우고.

855) 대경대로(大驚大怒). 몹시 놀라고 크게 화를 냄.

이 머리 쌍이 써러디거날, 원수 돌남이 머리을 충 곳틱 쮜여들고 본딘으로 도라오드라.

잇딕 달왕니 양딘 쓰홈을 구경ㅎ고 제중다려 왈,

"황중 셜홍은 천신이 안니면 귀신리라. 그 중수을 어니 즈부리요."

ㅎ니, 승중군 문특이 주 왈,

"일은 소중니 나아가 줍아 올거시니 왕승은 소중이 직조을 구경ㅎ소셔."

ㅎ고, 그 잇튼날

번충츌마ㅎ여 왈,

"셜홍은 밧비 나와 늬 칼을 바드라. 나난 국승중군 묵특이라."

ㅎ거날, 원수 와룡금을 놉히 들고 진젼이 나셔 위여 왈,

"나난 ㅎ로강아지가 밍호을 모로고 음니로다. 네 날을 당 듯ㅎ그든 직조을 다ㅎ여 시험ㅎ여 보즈."

ㅎ며 달이들어 싀로 쓰올싀, 빅여 흡을 쓰호딕 불결승부856)라. 양중이 충빗천 번긔갓고 반궁857)은

분분ㅎ야 피추을 분별치 못ㅎ더라. 팔십여 합이 적중이 스모충니 벌쓰 ㅎ며 황진 딕원수 머리 써러디난 닷ㅎ며 호련 간딕업거날, 묵특이 늬심이 싱각ㅎ딕,

'셜홍이 머리을 분명 베혀시딕 죽은 등신과 황총마 업시니 고이ㅎ다.'

---

856) 불결승부(不結勝負). 승패를 짓지 못함.
857) 반궁(半弓). 앉아서 쏠 수 있는 짧은 활.

ᄒ고, 황딘을 딕ᄒ여 크기 위여 왈,

 "너이 원수 셜홍은 버힌 그람즈도 업시 죽엇시니

 진중이 즁수 만이 잇거든 급피 나와 닉 칼을 바드라."
ᄒ며 좃츠오거날, 황딘 중이셔 셜원수 죽음을 보고 딕경ᄒ여 황제을 모시고 도망코져 ᄒ드니, 젹즁 묵특이 우리갓탄 소리을 디르며 좃츠오멀 보고 혼불부신858)ᄒ여 오도가도 못ᄒ고 죽기만 바릭드니, 황딘 딕원수 슈모투고이 와룡금을 놉피 들고 황총마 승이 두려시

안즈 용안호두이 봉목을 부릇 쓰고 호통 왈,

 "이놈, 묵특아!"
ᄒ난 소리 틱순이 문어디난 닷ᄒ며 광풍이 션운갓치 쫏츠오거날, 묵특이 도라보니 죽엇든 셜홍니 다시 스라오거날 딕경ᄒ여 말을 돌녀세우고 쓰올식, 일빅여 합이 불결승부 ᄒ고 쏘 오십여 합이 묵특이 층니 번듯 ᄒ드니 원수이 탄 말

니 업더지며 홍니 간딕업거날 묵특니 그제야 셜홍니 둔갑즁신ᄒ난 볍니 신통ᄒ 줄 알고 층을 번기갓치 놀니며 오난 고졀 슬피든니, ᄒ 고딕셔 광풍이 딕죽ᄒ며 스셕이 날이드니 일월딕즁859)니 월통천광860)을 쓰고 몸이 운무이

---

858) 혼불부신(魂不附身). 혼백이 어지러이 흩어진다는 뜻으로, 몹시 놀라 넋을 잃음을 이르는 말.

859) 일원대장(一員大將). 한 사람의 장수.

을 입고 황총 금안이 두려시 안ᄌ시니, 이난 곳 셜홍 즁군이라. 빅운션을 드러 얼

얼을 반만 가리오고 셔셔 되소 왈,

"이놈 묵특아, 나을 여긔 두고 어듸가 첫난야? 용역금슐을 빅인이 지니고 안ᄌ 철니 밧기 일을 알고야 즁수라 ᄒ난거시 올커날, 너난 ᄒ갓 강포 밋고 감히 날을 당홀손야."

ᄒ고, 또 숨십여 흡이 불결승부861) ᄒ드니 양즁니 공즁의 올나가 서로 쏘드니 적즁이 츙니 이 즁천으로 써오거날 원수 드러

오난 츙을 썩거바리고 와룡금을 드러 치니 묵특이 쌍봉투고가 마스 나려지난다라. 묵특니 비록 용역이 즁ᄒ나 셜홍니 죽고 수난 법이 제 어니 흔니나디 안이ᄒ리오. 되경ᄒ여 몸을 움천철갑 소긔 감초우고 본단으로 도라가거날, 원수 칼을 드러 묵특의 압흘 막아셔며 왈,

"불상ᄒ고 가련ᄒ다. 어린아히 널노 볼단듸 엇지 너익 몸이 칼을 다

히리요마난, 너을 슬여 보니면 너익 왕니 닉이 직조 부족ᄒ다 할 듯ᄒ드니 죽어도 날을 원망치 말나."

ᄒ고 와룡금니 변듯 ᄒ드니 묵특이 머리 쑥 써려지거날, 달왕니 묵특이 죽

---

860) 통천관(通天冠). 황제가 정무(政務)를 보거나 조칙을 내릴 때 쓰던 관. 검은 깁으로 만들었는데 앞뒤에 각각 열두 솔기가 있고 옥잠과 옥영을 갖추었음.

861) 불결승부(不結勝負). 승부를 결정하지 못함.

음을 보고 되로호여 머리이 황육관을 쓰고 몸이을 용단견포을 입고 용중
천여 원으로 셜홍을 첨첨니 둘너쓰고 충으로 치고 뒤이난 각초862) 제중니
각각 철궁이 전을 민

190쪽

와 엽엽피 서서 틈틈이 쏘고, 박기난 빅만 되병니 나와 진을 쳐 셜홍이 변신
호여 나가디 못호기 호고 군스 압압피 스문을 닉여 첩첩이 둘너쓰니, 고각
홈셩863)은 슌천을 흔드난 닷호고 기치충금은 힛빗철 가리압드라. 원수 즘
관 스니이 적딘 천여 첩이 싸여 칼과 사리 오닷호거날, 원수 몸을 운풍이
붓쳐 와룡금을 번기갓치 놀이며

191쪽

　좌충우돌호니 적중 송고디 나셔며 고셩되딜 왈,
　"황중 셜홍은 함졍이 든 버미요, 우물이 든 고기라. 밧비 늬 칼을 바드
라."
호드니 불과 수홉이 와룡금이 번듯 호며 송고디 머리 마호이 덜어지거날,
적중 흔통철니 늬달나 쑤디져 왈,
　"너을 죽여 우리 왕숭이 분을 더리라."
호고 늬다르니, 원수 쏘 와룡금니 번듯 호드니 흔통철이 머리 썰어디

192쪽

거날 원수 이기양양화야 적중 나오난 되로 버혀들고 휘힝호니 감히 되젼호

---

862) 초(哨). 약 백 명을 단위로 하던 군대의 편제.
863) 고각함성(鼓角喊聲). 전투에서 돌격 태세로 들어갈 때, 사기를 북돋우기 위하
　　여, 북을 치고 나발을 불며 아우성치는 소리.

리 업더라. 달왕이 탄식 왈,

"셜홍은 스람니 안이요 귀신이로다. 다시 셜홍을 조부랴 말고 졀노 주여 죽기ᄒ리라."

ᄒ고 북을 첩첩니 둘여ᄊ니, 적딘 정권이셔 빅포소중864)이 출쳐업시 나셔 중졸을 무수이 죽이고 횡힝ᄒ니 달왕니 보고 딕경ᄒ여 좌우초을

193쪽

푸러 그 중수을 진중이 드지 못하기 ᄒ고 여러 중수을 명ᄒ여 빅포소중으로 쓰올싀, 원수 ᄎ니이 몸을 소소와 나셔며 적딘 후면을 지쳐 드러가니 중졸이 머리 구시월 낙엽 갓드라. 달왕이 퇴경 왈,

"셜홍은 스람도 안이요, 귀신도 안이요. 명졔을 위ᄒ여 ᄒ나리 보닌 스람이라."

ᄒ고, 용중 쳔여 원을 거나리고

"셜홍을 조부랴"

194쪽

ᄒ니 도위중수 두문니 주 왈,

"육십여 원으로 셜홍을 조부랴 ᄒ오니, 흔둥니 고기로 범이 입을 막음이라. 그리 마르ᄒ시고 왕승은 진을 푸려 본딘으로 가오면 셜홍니 우리을 쫏츠 진중이 들거시니, 셜홍 엇디 잡기가 어려우릿가."

ᄒ니, 달왕이 올히 역여 즉시 군중 거두어 본진으로 도라갈싀 원수 적진 후군을 자치고 진문이 달여

---

864) 백포소장(白袍小將). 흰 옷을 입은 장수.

든니 빅포소즁니 크기 위여 왈,

"황딘 되원수난 적진이 드러가지 마르시고 본딘으로 도라가옵소셔."

ᄒ거날, 원수 그 소리을 듯고 싱각ᄒ되,

'져ᄉ람은 날을 돕난 비니 엇디 그 말을 안이드르리요.'

즉시 본딘으로 도라오니 제즁군졸니 원수와 빅포소쥼을 마즈드릴ᄉᆡ 숭이 원수이 손을 ᄌᆞ부시고 층춘 왈,

"원수곳 안이면 적

즁 묵특을 뉘 능히 당ᄒ며 적딘이 쓰엿다가 퇴딘ᄒ 리 뉘 잇시리요."

치ᄒ865) 분분ᄒ드라. 빅포소즁니 구예866)로쎠 쳔ᄌᆞ 젼 비온 후이 원수을 비오니, 원수 층춘 왈,

"늬 적딘이 쓰여 구ᄎᆞ이 지닉더니 그듸 힘을 안이 딘딘ᄒ엿거니와 그듸 셩명을 뉘라ᄒ며, 거쥬난 어듸 게시잇가?"

그 즁수 엿ᄌᆞ오되,

"소즁이 셩명은 육목쳘니 압거니와 본

듸 번국 ᄉᆞ람으로 졍인틱과 동심결이867)ᄒ여 적진이 잇습드니 졍닌틱을 무직이 죽이믹 분을 익기지 못ᄒ여 적진을 쪄나 고국으로 도라가다가 원수

---

865) 치하(致賀). 남이 한 일에 대하여 고마움이나 칭찬의 뜻을 표시함.

866) 구례(舊禮). 예전부터 전하여 내려오는 예법.

867) 동실결의(同心結義). 한마음으로 남남끼리 형제, 자매, 남매, 부자 따위 친족의 의리를 맺음.

이 셩명을 듯고 혼가지 황승을 도와 가달왕이 목을 벼혀 원수을 갑고져
호여 왓스오니 쓰지 엇드호시잇가?"
호니, 원수 왈,
"그러호면 늬 적딘이 드러가니 못 드러가기 호연면 불고인야?"

198쪽

육목철이 주 왈,
"소즈니 적딘이셔 드라오니 딘문 좌우이 수빅 즁을 파고 충금을 무수니
무덧스오믹, 혹 실수호실가 호여 드지 못호게 호미로소이다."
호니, 원수 더욱 기특히 여거스 즉시 쳔즈게 주달호여 육목철노 션봉즁을
슘우시거날, 육목철이 주 왈,
"적딘 즁이 즁수 만스오나 소즁이 젹수업고 혼갓 달왕은 변화지술이 만

199쪽

스오나 져의 몸만 스라갈 싸름이요, 우리딘 군수난 호나도 버힐 지 업스오니
명일은 소즁니 나아가 딕젼호다가 만일 위틱호거든 원수 친히 즁졸을 거나려
적딘을 치소셔. 만일 젹즁니 당치 못호면 압푸로 갈거시니 적병을 지함이
엿코 소즁니 마조 쳐드러 가오면 달왕이 사시로 진을 푸러 도망하리다."
호니, 원수

200쪽

션봉이 말을 듯고 히 업기드라.
잇딕 달왕은 셜홍니 딘문이 드러오다가 물너가멸 보고 탄식 왈,
"호나리 날을 망호게 호시고 명제을 도으심이라."
호고, 도워즁 양두홍을 불너 왈,

"우리 딘중이셔 나지 아이ᄒ면 분명 셜홍니 면겨 나와 싸호ᄌ 할거시니, 긋쎠을 당ᄒ여 중졸을 거나리고 셜홍을 자부리라. 만일 즙디 못ᄒ면 군ᄉ을 거

두어 본딘으로 도라가면 셜홍니 후군을 딧처 들러올거시니 중졸을 거나려 압흘 막이 치면 셜홍니 지함이 쌔저 우리 딘중 공혼니 되리라."
ᄒ니, 졍셔중군 노경춘니 주 왈,
"왕승이 말슴니 맛당하오나, 다시 중졸을 거나리고 가오면 주린 뒤이 방 주기와 갓ᄉ오니 명일은 소중니 나아가 셜홍과 븩포소중을

유인하여 오리라."
ᄒ고, 그 잇튼날 노경춘이 딘문 밧기 나셔 크기 위여 왈,
"셜홍은 어제 미결868) ᄒ 싸홈을 두고 엇디 나디 안이ᄒ난야. 쌜이 나와 늬 칼을 바드라."
ᄒ니, 황딘 션봉중 육목쳘니 셩충출마 ᄒ여 왈,
"나난 좌우초 졔칠중 육목쳐라로다. 너이 졍인틱 무지니 주기고 날을 쏘한 히코져 ᄒ기로 분을 이기디 못ᄒ여 너이

머리을 버혀 원수을 갑고져 ᄒ야 명제게 붓처잇든이, 오날으 철천지분869)을 푸리라."

---

868) 미결(未決). 아직 결정하거나 해결하지 아니함.
869) 철천지분(徹天之憤). 하늘에 사무치도록 억울하고 원통한 마음.

ᄒᆞ니, 젹즁니 그 말 듯고 싱각ᄒᆞᄃᆡ,

'닉 셜홍을 유인ᄒᆞ여 오랴든니 육목처리 분명ᄒᆞ면 우리 딘즁ᄉ870)난 ᄌᆞ연 알거시니 어이 날을 ᄯᆞ라오리요.'

ᄒᆞ고, 눈을 부릇 ᄯᅳ고 고셩ᄃᆡᆯ 왈,

"이놈 육목철아, 네 아ᄋᆞ 졍인ᄐᆡᆨ을 아모리 무지이 쥭

204쪽

엿기로 너난 갈충보국871)미 다연ᄒᆞ거날 역쳔디심872)을 먹고 황딘즁이 몸을 붓쳐 이럿탓 말ᄒᆞ난야."

육목철이 ᄃᆡ 왈,

"닉 너이 나라 ᄉᆞ람 갓트면 역쳔디심니라 ᄒᆞ거니와, 본ᄃᆡ 번국 ᄉᆞ람으로 너이 왕을 돕고져 왓다가 닉 아873)을 쥭이고 춤혹ᄒᆞᆫ 셔름을 당ᄒᆞ고 이리로 왓ᄉᆞ오니 엇지 ᄎᆞ역874) 디지가 ᄃᆡ리요."

ᄒᆞ고, 양즁이 합젼875)할식 슘십여 합이 육목

205쪽

철이 칼이 번듯 ᄒᆞ며 노경춘이 머리 마ᄒᆞ이 날여디거날, 젹딘 즁수 양두홍이 노경춘이 쥭음을 보고 딕경ᄒᆞ여 합젼 일합이 육목철이 칼이 번듯 ᄒᆞ며 두홍이 머리 날려디난다라. 육목철니 양즁을 비히고 의기양양ᄒᆞ여 수기을 두르니 원수 즁졸을 거나리고 나아가 좌우 군ᄉᆞ을 션봉이 막기고 젼후초만

---

870) 진중사(陣中事). 군대나 부대 안의 일.
871) 갈충보국(竭忠報國). 충성을 다하여서 나라의 은혜를 갚음.
872) 역천지심(逆天之心). 하늘의 뜻을 어기려는 마음.
873) 아우.
874) 차역(此亦). 이것도 역시.
875) 합전(合戰). 경기나 전투에서 서로 맞붙어 싸움.

거날이고 나아가 적딘을 짓처 들어가며 우리

갓한 소릭을 벽역갓치 딜으니 틱슨니 문허디난 닷, 하수가 쓸난 닷. 군스들니 정신을 수습지 못ᄒ고 죽난 직 틱반이요, 피 흘너 셩천876)ᄒ드라. 팔십만 딕병니 다 죽고 혹 나문 군스난 수미을 일코 도망할세 션봉중니 압흘 막으니 군스 더욱 놀닉여 디흡이 쌔져 지함을 믜우드라. 달왕니 빅만 딕병을 다 디함이셔 죽기고 분기팅천 흡 양구익

칼을 들고 닉닷거날, 육목처리 딕소 왈,
  "이놈, 네가 달왕닌야? 나난 너익 군스 육목철리라."
ᄒ고, 셔로 쌋와 빅여 합이 불결승부라. 원수 바릭보고 봉목을 부릇 쓰고 좌수익 와룡금을 들고 우수익 수긔877)을 들고 닉다르니 달왕니 말을 둘너 셔우고 좌수익 칼노 지목을 덥고 우수익 충을 줍고 번긔갓치 놀니며 오난 칼을 막으며 충으로

원수을 디을식 원수 와룡금을 들어 충을 치니 충날니 슨슨니 부셔져거날, 쏘ᄒ 육목철이 스모충이 번듯 ᄒ며 달왕이 탄 말이 업더디거날 원수 의기양양ᄒ여 달왕이 목을 친니 달왕니 입으로 안기을 토ᄒ든니, 홀연 거문 구름어 어려나며 달왕과 약간 나문 군스 둘너쌋고 북편으로 다라나거날, 원수 구름을 헛치이 구름이

---

876) 셩천(成川). 개울이나 내를 이룸.
877) 수긔(手旗). 군대, 철도, 선박에서 신호로 쓰는 작은 기.

스면으로 홋허디거날 원수 션봉과 군스을 거날이고 길을 막으며 치니 달왕이 디경ᄒ여 갑주을 버셔바리고 군스중이 달여들거날, 원수 달왕을 일코 디분ᄒ여 군스을 무수니 죽이고 본딘이 도라와 천ᄌ 전이 달왕 줍디 못ᄒ 스연을 주달ᄒ니, 승니 왈,

"달왕 직조난 실노 귀신으로다. 지제 줍디 못하며 직조을 밋고 다시 게 번878)할 거시니 후환

을 어니화리요."
ᄒ시니, 육목철니 주 왈,

"소즁니 적진이 잇셔 들으니 말ᄒ딕 만일 픠하거든 호양동으로 드려가셔 홋터진 군스을 거두어 모흔 후이 남방 오랑키와 북흉노 양국을 청병ᄒ여 다시 긔병할여 ᄒ드니다."
ᄒ니, 원수 왈,

"분명 그러ᄒ면 중군은 면져 중노이 가 잇다가 이러이러흔 게교로 적즁을 유인ᄒ여 보닉라."
ᄒ니, 육목철니 주 왈,

"소즁니 유인은 ᄒ려이와 달왕은 둔갑중식ᄒ난 볍니 신통환고로 죽을 곳이 당ᄒ여도 나릭 도친 딤싱니 딕여 나라가오니, 여니ᄒ여 ᄌ부릿가. 그을 염여ᄒ나이다."
ᄒ고, 즉시 근읍이 졀영ᄒ여 금은을 만이 구ᄒ여 가디고 군스을 거날이고

---

878) 거병(擧兵). 군사를 일으킴.

호양동 젹은 길노 먼져 들어가 스명이 복병[879]ᄒ고, ᄯᅩ 달왕이 변신ᄒᆞ여 달아날게 싱왕방[880]을

212쪽

갈이여 그물노 쳐 막고 군스 수십 게을 젹딘 복식을 갓초와 골안이 미복ᄒ고 연기을 너여 달왕 오기을 기달리라 ᄒ드라.

잇디 달왕이 용즁 쳔여 원을 흠물ᄒ고 탄식 왈,

"이번이 션정ᄒᄃ면 쳔위을 빗난 일홈을 듯디 안이ᄒᆞ고로, 이리 도엿스니 누을 원망ᄒᆞ리요. 우리 당초이 언약ᄒ기을 만일 픽ᄒ거든 ᄒᆞ양

213쪽

동으로 가ᄌ ᄒᆞ엿든니, 싱각건디 육목쳘니 정인틱이 원수 갑고져 ᄒᆞ여 황딘이 붓쳐잇셔 우리 언약을 황딘즁이 발셜ᄒᆞ여 불몀 알거시니 호양동을 바리고 북광으로 본국이 도라가 다시 계병ᄒ미 올타."

ᄒ고, 북관으로 힝ᄒ드라.

잇디 육목이 번복ᄒ고 거이 병신인 체ᄒ고 북관으로 가난 길목이 안ᄌ다가 달왕을 보고

214쪽

닉심이 반가오나 겹닉난 체ᄒᆞ며 눈을 깜고 수풀 속이 은신ᄒ고 숨난 태ᄒᆞ이, 달왕니 마츰 지닉다가 불너 왈,

"너난 엇드흔 스람으로셔 이룻타시 요란흔 시졀이 위로이[881] 안ᄌ 나을

<hr>

879) 복병(伏兵). 적을 기습하기 위하여 적이 지날 만한 길목에 군사를 숨김. 또는 그 군사.
880) 생왕방(生旺方). 오행(五行)에서, 길(吉)한 방위.

보고 은신ᄒᆞ난야?"

육목철니 주 왈,

"소인은 적건너 화류촌 스난 빅셩이압드니, 병난882)을 당ᄒᆞ와 슬길업셔 호양동으로 드러가 피란ᄒᆞ든니 수일 젼이 가달국 군스 수빅 명니 드러와 웅거ᄒᆞ기로 그곳듸 잇디 못ᄒᆞ고 양식과

215쪽

염중을 다 바리고 도망ᄒᆞ양 든니, 쏘흔 이 아릭 황단 듸원수 빅만 듸병을 거날니고 길을 막이 복병ᄒᆞ엿기로 이고듸셔 가도오도 못ᄒᆞ고 잇든니, 쯧밧기 오시난 힝츠을 보고 겁이 난나이다."

ᄒᆞ니, 달왕니 그 말을 듯고 싱각ᄒᆞ듸,

'분명 훗터딘 군스들니 이젼 언약을 잇디 안니ᄒᆞ고 그곳듸 자셔 날을 기다림이로다. 져이을 말이타국883)이 왓다가 엇디 바리고 가리요. 쏘흔 셜흥니 북관 가난 길이 복병ᄒᆞ엿다 ᄒᆞ니 호양동이 들어

216쪽

가 훗터딘 군스을 모아 거날이고 본국으로 들어가미 올타.'

ᄒᆞ고,

"불숭ᄒᆞ다. 네 이곳이 잇다가 줄여 죽기난, 그러치 안이ᄒᆞ면 노략군884)으게 죽을 거시니 이고듸 잇디 말고 쩌나 목숨을 보젼ᄒᆞ라."

ᄒᆞ고 말을 둘여 호양동으로 가거날, 육목처리 호양동 기름길885)노 먼저 드

---

881) 외로이. 외롭게.

882) 병란(兵亂). 나라 안에서 싸움질하는 난리.

883) 만리타국(萬里他國). 조국이나 고향에서 멀리 떨어져 있는 다른 나라.

884) 노략군(擄掠群). 떼를 지어 돌아다니며 사람을 해치거나 재물을 강제로 빼앗는 무리.

리가 원수게 달왕 유인ㅎ여 오난 말을 고ㅎ니, 즉시 병기을 갓추드라. **달왕**
이 호양동이 드러가니 과연 흣터딘 군스드리 잇거날 마암이 깃거

217쪽

왈,

"앗가 화류촌 빅셩을 맛니지 못ㅎ엿드면 북관으로 가다가 셜홍을 맛니
초목흔 욕을 볼거셜, 그 빅셩의 말을 듯고 이리와 우리 군스 져려ㅎ니 무산
걱정이 이시리요."

언파[886]이 방포일셩의 징북소릭와 함셩소릭이 산천니 딘동ㅎ더라. 딕경
ㅎ여 살펴본이 산곡간의셔 복병이 썩썩 닉달나 첩첩니 둘너쏘고 셜홍은 소
릭을 병역갓치

218쪽

지르며 쏫츠오거날, 달왕이 그딕야 화류촌 빅셩으게 쏙은 줄 알고 즉시 갑
주을 갓초고 셜홍과 쏘올시 팔십여 합이 원수 와룡금이 번듯 ㅎ며 달왕이
투고 나려지거날, 달왕이 딕로ㅎ여 몸몸을 바람이 붓처 츙을 번기갓치 놀며
셔로 쏘올시 스셕이 날여 안기 즈옥ㅎ더라. 또 오십여 합이 와룡금이 번듯
ㅎ며 달왕이 쌍이 쩌러디거

219쪽

날, 육목처리 달여들어 쏘오고 원수난 딕금으로 견우며 호통 왈,

"이놈 달왕은 밧비 나와 황복ㅎ라."

ㅎ니, 달왕이 딕소 왈,

---

885) 지름길. 멀리 돌지 않고 가깝게 질러 통하는 길.
886) 언파(言破). 말을 끝냄.

"시운887)이 불힝ᄒ여 니의게 속아거니와 네 감히 날을 항복ᄒ라 ᄒ난야."
ᄒ며 눈을 부릇 쓰고 고함ᄒ니, 두바리 숭지ᄒ고 목직 절여ᄒ여 결박흔 철
스가 터지니 달왕이 화ᄒ여 빅치가 도여 나라가다가

220쪽

그물의 결여 날여지거날, 원수와 선봉니 조ᄎ가 그물을 발부니 빅치난 간듸
업고 난듸업난 빅호 늬달나 주홍갓튼 입을 버리고 고흠ᄒ며 암승으로 늬달
나 경간이 군스 수십 게을 무러죽이듸 군스난 그 범을 줍디 못ᄒ고 함성만
울니며 병중기로 견우다가 다라나거날, 그 범이 더옥 듸로ᄒ야 원수와 선봉
을 바러보며 눌걸

221쪽

입으로 씌문이 빅셜이 분분ᄒ난다라. 조금도 겁이 업시 쇼리을 피고 절벽승
으로 다라나거날, 원수 그 거동을 보고 고히 역여 그 범을 조ᄎ가 손으로
쇼리를 줍아 흔변 둘너치니 산악이 문허디단 닷ᄒ드라. 쏘ᄒ 흔변 드러치니
호련 그 범니 화ᄒ야 달왕이 도여 손으로 터지888) 머리을 쥐고 변신889)ᄒ여
몸을 바람의 붓처 다라나랴 ᄒ거날, 원수 와룡금을 드

222쪽

러치니 달왕의 머리 나려지거날 원수와 션봉이 듸히ᄒ여 승전고을 울이며
달왕의 머리를 천ᄌ 젼이 올니니 천ᄌ 왈,
　"원수이 공을 의논컨듸 여천여희890)라, 무어스로 갑푸리요."

---

887) 시운(時運). 시대나 그때의 운수.
888) 터진.
889) 번신(翻身). 몸을 날려.

쏘흔 시위제신이 원수을 위흐여 치흐 분분흐더라. 원수 각읍의 션문[891] 노코 천ᄌ을 미시고 승젼고을 울이며 발힝흐실ᄉ 각도각읍 수령니 각각 나와 져경ᄃ후[892]흐

223쪽

고 승덕[893] 흐더라. 여려 날만이 죽임간의 지니 봉황셩을 다다르니 틱ᄌ 슈성즁졸을 거나리고 나와 황승 미시고 쏘흔 원수을 치흐여 왈, 진즁 소식을 어이 알고 독힝쳘이[894]흐여 황승이 급화심을 구흐고 ᄃ공을 일우고 무ᄉ이 도라오멀 무수이 치ᄉ흐고 황승을 미시고 환궁흐실ᄉ, 즁안 인민과 조야 빅셩드리 황상 셩덕과 원수의 츙

224쪽

셩을 못니 층찬흐드라. 천ᄌ 숨일 ᄃ연 후이 가달은 임이 처ᄃ흐엿스니 제즁츠리로 ᄃ립흐여 조공 밧치기을 픠초[895] 흐시고 원수이 손을 잡으시고 왈,

"경이 공을 무어스로 가푸리요. 강동이 수ᄃ[896]나 ᄃ방이 쳘이요, ᄃ가 이빅슨말이라. 역젹이 왕니 이 강동의 나려가 도탄즁이 든 빅셩을 구흐라."

흐시거날, 원수 복디 주 왈,

"ᄌ고로 나라이

---

890) 여천여해(如天如海). 하늘처럼 높고 바다같이 깊음.
891) 션문(先文). 중앙의 벼슬아치가 지방에 출장할 때, 그곳에 도착 날짜를 미리 알리던 공문.
892) 지경대후(至境待候). 관리가 관할지역의 경계선까지 가서 기다림.
893) 숭덕(崇德). 덕을 높이 기림.
894) 독행천리(獨行千里). 홀로 먼 길을 감.
895) 패초(牌招). 조선 시대에, 임금이 승지를 시켜 신하를 부르던 일. '命' 자를 쓴 나무패에 신하의 이름을 써서 원례(院隸)를 시켜 보냈음.
896) 수지(水地). 물가 지역.

불힝ᄒ여 병난을 당ᄒ오면 신의 갈충보국ᄒ여 치시안민[897]ᄒ난 거시 다 연ᄒ거날 왕즉[898]을 주시니 황은[899]을 엇디 다 갑ᄉ오리잇가. 복원 폐ᄒ난 신의 왕명을 거두소셔."

ᄒ니, 상니 왈,

"짐이 쓰지로 왕즉을 주어 원방[900]의 보ᄂᆞᆯ고져 ᄒ미 안이라, 경의 충성을 위ᄒ미라."

ᄒ시고, 그 부친 벽곡도인 죽임처ᄉᆞ의 능호[901]을 월능이라 ᄒ시고 셕

물[902]을 갓초와 셔우고 그 모친 밍씨 졍열부인으로 틱후을 봉ᄒ시고, 그 안ᄒᆡ 왕씨로 졍열왕비을 봉ᄒ시고 용포[903]와 강도옥ᄉᆡ[904]을 주시거날, 원수 못ᄂᆡ ᄉᆞ은ᄒ고 물너나와 젼즁의 갓든 즁졸을 북슌도이 보ᄂᆡ여 왕소지와 밍월이며 응빅의 부부을 미셔오라 분부ᄒ여 보ᄂᆡ고, 강동으로 써나가이 젼즁의 갓든 졔즁드리

---

897) 치세안민(治世安民). 나라를 잘 다스리고 백성을 편안하게 함.
898) 왕작(王爵). 임금의 작위.
899) 황은(皇恩). 황제의 은혜.
900) 원방(遠方). 먼 지방. 또는 먼 곳.
901) 능호(陵號). 능의 이름.
902) 석물(石物). 무덤 앞에 돌로 만들어 놓은 여러 가지 물건.
903) 용포(龍袍). 임금이 입던 정복. 누런빛이나 붉은빛의 비단으로 지었으며, 가슴과 등과 어깨에 용의 무늬가 수놓아져 있음.
904) 강동 옥새(江東 玉璽). 강동 지역 임금의 옥새. 옥새는 국권의 상징으로 국가적 문서에 사용하던 임금의 도장.

원문 밧기 나아보고 정원각이 도라와 추례로 하직ㅎ드라. 강동왕이 여려 날만이 이르러 용승이 좌정ㅎ고 션봉중 육목철노 좌승승을 졉고 이부상셔 조경촌으로 우승승을 슴고, 모도 나문 중수난 각각 소임⁹⁰⁵⁾을 막기고 치국 ㅎ드니 북순도이 간 군졸이 ᄂᆡ힝⁹⁰⁶⁾을 ᄆᆡ시고 오거날, 강동왕이 마ᄌ ᄂᆡ궁 이 ᄆᆡ시고 왕소직와 밍월을 보

고 여러 ᄒᆡ 못본 졍회을 말슴ㅎ고, 응빅이 부부을 못ᄂᆡ 반겨ㅎ드라. 강동왕이 인졍⁹⁰⁷⁾을 일월갓치 ㅎ시니 일국 빅셩드리 왕을 송덕ㅎ고 격양가⁹⁰⁸⁾을 부르드 라. 세월이 여류ㅎ여 왕소직난 오ᄌ일여을 나으시고 밍월은 슘ᄌ슘여을 나으니 부풍모습⁹⁰⁹⁾ㅎ여 ᄃᆡᄃᆡ로 일등공신ᄃᆡ고 시화연풍⁹¹⁰⁾ㅎ고 국ᄐᆡ민안⁹¹¹⁾ㅎ드라.

여와 후ᄉᆡᆼ⁹¹²⁾드라. 부ᄃᆡ 남이 음히말고 남이기 모질ㅎ여도 전실ᄌᆞ식 박ᄃᆡ 말나. 이 칙으로 볼지라도 ᄃᆡ숙인은 나무 셔모⁹¹³⁾로셔 셜홍을 박ᄃᆡᄒᆞᆫ ᄃᆡ로 수만금 직물 다 업시고 병신ᄃᆡ여 걸식ㅎ다가 죽엇스니, 부ᄃᆡ 남이 음히 말

---

905) 소임(所任). 맡은 바 직책이나 임무.
906) 내행(內行). 부인네의 여행.
907) 인정(仁政). 어진 정치.
908) 격양가(擊壤歌). 풍년이 들어 농부가 태평한 세월을 즐기는 노래. 중국의 요임 금 때에, 태평한 생활을 즐거워하여 불렀다고 함.
909) 부풍모습(父風母習). 모습이나 언행이 아버지와 어머니를 고루 닮음.
910) 시화연풍(時和年豐). 나라가 태평하고 풍년이 듦.
911) 국태민안(國泰民安). 나라가 태평하고 백성이 편안함.
912) 후생(後生). 뒤에 태어나거나 뒤에 생김. 또는 그런 사람.
913) 서모(庶母). 아버지의 첩.

나. 월 초니일 맛츠노라.

230쪽

추치월914) 초부일915)이 맛츳숩. 글시 기기ᄒ나916) 눌너 보시압. 선후도
착917) 오자낙셔918) 만스오나

---

914) 추칠월(秋七月). 음력 칠월의 가을철을 이르는 말.
915) 초팔일(初八日). 초여드렛날. 매달 초하룻날부터 헤아려 여덟 번째 되는 날.
916) 기기(奇奇)하나. 몹시 이상야릇하나.
917) 선후도착(先後倒錯). 앞뒤가 뒤바뀜.
918) 오자낙서(誤字落書). 잘못 쓴 글자와 쓰다가 빠뜨린 글자.

임주영

국민대학교 대학원 박사과정에 재학중이며,
고전산문을 전공하고 있다. 주된 관심은 소담으로, 그 중
에서도 많은 이야기에 삽입되어 있는 트릭서사를 정리하
고 있다. 현재 한국기술교육대학교와 국민대 한국어학당
에서 강의하는 한편, 고전소설인물사전 작업에도 참여하
고 있다.

설흥전

초판 인쇄 2010년 2월 10일
초판 발행 2010년 2월 22일

주 해 임주영
펴낸이 박찬익
편집책임 이영희
책임편집 김민영

주 소 서울시 동대문구 용두동 129-162
전 화 02)922-1192~3
전 송 02)928-4683
홈페이지 www.pjbook.com
이메일 pijbook@naver.com
온라인 국민 729-21-0137-159
등 록 1991년 3월 12일 제1-1182호

ISBN 978-89-6292-091-8 (세트)
      978-89-6292-093-2 (94810)

* 책값은 뒤표지에 있습니다.